Elämän kahleet

Kustantaja: BoD – Books on Demand, Helsinki, Suomi

Valmistaja: BoD – Books on Demand, Norderstedt, Saksa

ISBN: 978-952-80-6250-9

Luku 1: Nik Odession

Meren rannalla, Siv-joen suiston ympärillä sijaitseva Sivistan oli oikein idyllinen kaupunki Belfanin valtakunnan kaakkoisosissa. Kaupungin pormestari Fernst nautti kansalaisten täyttä luottamusta. Kaupungissa oli laajaa teollisuutta, joka työllisti suuren osan alhaisemmista yhteiskuntaluokista, ja rikollisuutta esiintyi hyvin vähän – poliisipäällikkö Hammon piti tästä huolen. Kaupunki oli suorastaan lähialueen korkean kulttuurin keskus taidenäyttelyineen ja oopperoineen. Paikka, jota kuka tahansa itseään kunnioittava kansalainen olisi ylpeä voidessaan kutsua kodikseen.

Tai ainakin suurin osa kaupunkilaisista ajatteli näin. Nik Odession oli aina ollut erikoistapaus.

Tästä Nik muistutti jälleen itseään piileskellessään sivukujalla jätetynnyreiden takana poliisipartion juostessa pääkatua ohi. Hän oli jo nousemassa ylös piilostaan, mutta painautui taas matalaksi kuullessaan itsensä poliisipäällikön äänen: "Tule esiin, varas! Tiedän että olet jossain täällä!"

Nik pysytteli hiljaa paikallaan poliisipäällikön painaessa ohi, ja kun he olivat kaikki menneet, hiipi hän esiin ja suuntasi takaisin kohti toria, mistä oli äsken juossut pakoon poliisit kannoillaan. Hän oli jo melkein ehtinyt kääntyä Ylistön asuinalueelle johtavalle tielle, kun kuuli takaansa äänen: "Nik! Pysähdy siihen paikkaan!"

Poliisipäällikkö oli juossut hänet kiinni, ja hänen perässään köpötteli harmaahiuksinen vanha rouva, jonka sormuksen Nik oli kähveltänyt.

5

"Poliisipäällikkö Hammon. Hyvää iltaa", Nik sanoi, asetellen kasvoilleen viatonta ilmettä.

"Tuo pojankloppi se oli, aivan varmasti oli", vanha rouva huohotti saatuaan heidät kiinni. "Tunnistan tuon tukkapehkon helposti."

"Mistä on kysymys?" Nik ihmetteli, sivellen ruskeita, vanhempiensa mielestä taas aivan liian pitkiksi venähtäneitä hiuksiaan.

"Nik, tyhjennä taskusi", poliisipäällikkö komensi.

Nik käänsi housuntaskunsa ympäri, ja ojensi poliisipäällikölle kaksi hopearahaa sekä linkkuveitsensä.

"Ne ovat minun", Nik sanoi.

"Rintatasku myös", poliisipäällikkö käski.

"Äh, no hyvä on, hyvä on."

Nik veti esiin varastamansa sormuksen ja ojensi senkin Hammonille.

"Tämäkö se oli, rouva Ernested?" poliisipäällikkö kysyi vanhalta naiselta.

"Tuo juuri. Minä pudotin sormuksen, ja kun kumarruin sitä poimimaan, varasti tuo hulttio sen itselleen ja juoksi tiehensä. Kiitos kovasti, herra poliisipäällikkö. Ja katsokaakin, että hulttio saa rangaistuksensa!"

"Sen teen", Hammon lupasi, rouva Ernestedin marssiessa tiehensä.

Kaksi muuta poliisia saapui myös heidän luokseen.

6

"Saitteko varkaan kiinni, poliisipäällikkö?" toinen heistä kysyi.

"Kaikki on kunnossa", Hammon vastasi. "Nik Odession se taas oli. Minä hoidan tämän loppuun, jatkakaa te vain partiointia."

"Selvä on, herra poliisipäällikkö!"

"No niin, Nik, tulehan nyt", Hammon sanoi tovereidensa lähtiessä jatkamaan matkaansa. "Minä saatan sinut kotiin." Hän tutkaili linkkuveistä jonka oli Nikiltä takavarikoinut. "Hieno veitsi. Onko tämä isältäsi saatu?"

"On", Nik vastasi.

Hammon ojensi veitsen takaisin Nikille, heidän suunnatessaan kohti Ylistöä.

"Nik, Nik, Nik", Hammon huokaili heidän kävellessään. "Mitä minä oikein teen sinun kanssasi? Tämä oli jo kolmas kerta kun sinä jäät kiinni taskuvarkaudesta. Kyllä minä ymmärrän, minäkin tein nuorena kaikenlaista tyhmää, mutta luulisi että opit kerrasta. Minun on taas sakotettava sinua – sanotaan vaikka näiden kahden hopearahan verran." Poliisipäällikkö raapusti kaksi pientä sakkolappua, joista toisen hän ojensi Nikille, ja asetteli toisen virkapukunsa taskuun hopearahojen kanssa. "Jos tämä meno jatkuu vielä, joudun kieltämään sinulta teräaseen hallussapitämisen julkisella paikalla ja takavarikoimaan hienon veitsesi. Ja jos mikään muu ei auta, niin joudun heittämään sinut vankilaan. Sitäkö sinä tahdot?"

Nik otti aikansa heidän kulkiessaan, ennen kuin vastasi: "En toki, herra poliisipäällikkö."

"Sitä minäkin. Mitähän isäsi ja äitisikin oikein sanovat? Pormestari Fernst on jo pitkään ylpeillyt sillä, että Sivistan on yksi valtakunnan lainkuuliaisimpia kaupunkeja, täällä rikoksia

7

tapahtuu hyvin harvoin. Sen nyt vielä ymmärtää, että joskus joku köyhä koditon varastaa leipää – ja hekin jäävät nopeasti kiinni ja joutuvat vankilaan – mutta sinä olet kunniallisen suvun vesa, eikä tämä ole sinunlaisellesi lainkaan soveliasta käytöstä. Ymmärräthän, että joissain muissa kaupungeissa kodittomia saatetaan jopa hirttää kolmesta taskuvarkaudesta."

"Pidän tämän mielessä, herra poliisipäällikkö."

Nik kuitenkin tiesi, että uhkaus oli tyhjä. Rikkaan liikemiehen pojan hirttäminen tekisi kaupungin maineelle paljon enemmän pahaa kuin muutama taskuvarkaus. Kodittomien varkaiden hirttämisestä Sivistanissakin sen sijaan joskus puhuttiin, vaikka kaupungin hirttolavoja ei ollutkaan käytetty moneen vuoteen, ei sitten kalastajakapinan Nikin ollessa viisivuotias.

He saapuivat Nikin kotitalolle; Ylistön hienostoalue oli täynnä suuria, pääosin valkoisia, kaksikerroksisia taloja, joista Odessionit asuivat yhdessä kaikista hienoimmista. Kirkkaan vihreää nurmikkoa kasvoi talojen välissä. Hammon kolkutti suurta, pronssista kolkutinta oven vieressä. Hetken kuluttua Nikin isä tuli avaamaan.

"Poliisipäällikkö Hammon... Nik... Mitä on tapahtunut?"

"Iltaa, herra Odession", poliisipäällikkö sanoi. "Minulla on ikävää kerrottavaa. Poikanne jäi äsken kiinni taskuvarkaudesta."

Isän kasvot näyttivät ensin kauhistuneilta, sitten vihaisilta, hänen lyödessään otsaansa kämmenellään.

"Nik, mitä sinä olet taas mennyt tekemään?"

"Hän varasti sormuksen, jonka rouva Ernested oli tiputtanut. Toivon totisesti, että otatte pojan kunnon puhutteluun, ja pidätte häntä paremmin silmällä. Tämä oli jo kolmas kerta. Teidän

8

perheenne on alkanut näyttäytyä melkoisen huonossa valossa, herra Odession. Ymmärrättehän, että jos tämä jatkuu, on minun lukittava Nik vankilaan. Ja näin kunnianarvoisan perheen vesan vangitseminen olisi suuri häpeä koko kaupungille, joten toivon totisesti meidän kaikkien takia, että emme ajaudu siihen."

"Minä pidän huolen että poikaa rangaistaan, ja jatkossa hän tulee olemaan oikea mallikansalainen. Olkaa huoleti, onhan hän sentään Odessionin sukua. Kiitos teille, hyvä poliisipäällikkö, ja hyvää illanjatkoa."

Hammon lähti, jättäen Nikin vanhempiensa puhuteltavaksi.

"Nea, katapa illallinen pöytään", isä käski.

Nikin pikkusisko kattoi kuuliaasti salongin pöytään maitoa, makrilleja, leipää ja juustoa. Isä Alford kävi myös hakemassa vaimonsa Margarian kamaristaan kuuntelemasta suosikkisinfoniaansa, ja niin he kokoontuivat illalliselle.

"Kiitos jälleen tästä ateriasta", isä mumisi, ja kaikki lausuivat yhdessä rukouksensa. Tai kaikki muut paitsi Nik, joka liikutteli laiskasti huuliaan, mutta ääntä ei hänen suustaan kuulunut.

"Kunnia isän, äidin, rukous heidän verelleen. Kunnia kuningattaren, rukous hänen kruunulleen. Kunnia jumalan, rukous hänen taivaalleen."

Vasta kunniarukouksen lausuttuaan sai käydä pöytään, se oli koko Belfanin valtakunnan tapa.

"No niin, meillä on vähän vakavaa keskusteltavaa", isä sanoi heidän alettua koota ruokaa hienoille posliinilautasilleen. "Margaria-kulta, poliisipäällikkö Hammon toi äsken Nikin kotiin. Poika oli taas jäänyt kiinni taskuvarkaudesta."

"Mutta Nik, kuinka sinä nyt taas olet sellaiseen sortunut?" äiti kauhistui. "Kyllä sinun on nyt opittava tavoille, ja lopetettava tuollainen rötöstely!"

"Jonain päivänä sinä tulet perimään minun tehtaani, ja ajattele nyt miltä se näyttäisi, jos suuren yrityksen johtaja olisi edelleen ongelmissa poliisin kanssa", isä saarnasi. "Tämä sai nyt olla viimeinen kerta kun sinä varastat yhtään mitään. Luulen, että muutama raipanisku illallisen jälkeen tekee pojalle hyvää. Ja jos vielä kerran jäät kiinni varastamisesta, jäät kuukaudeksi kotiarestiin, ja raippaa tulee päivittäin."

Tämä yllätti Nikin. Raippaa isä ei ollut ennen käyttänyt. Köyhäistön parissa sitä käytettiin kuulemma lapsiin jatkuvasti, mutta hienojen perheiden maineeseen lasten väkivaltainen kurittaminen ei sopinut. Nik vilkaisi äitiään epävarmana.

"Kulta, luuletko että se tosiaan on tarpeen?" äiti kysyi varovasti.

"Kyllä minä luulen", isä totesi ykskantaan. "Poika alkaa käydä mahdottomaksi." Hän huokaisi. "Kukaan ei saa koskaan tietää. Anteeksi Nik, mutta yritä ymmärtää, että tämä on omaksi parhaaksesi. Voi, mikset sinä voisi olla yhtä helppo ja tottelevainen lapsi kuin Nea?"

"Anteeksi isä, anteeksi äiti", Nik mutisi. "Minä yritän."

"Ja yritätkin kunnolla, Nik", isä jylisi. "Kun minä jään eläkkeelle, haluan tehtailleni arvoiseni seuraajan. Odessionin suku on sukupolvien ajan kuulunut Belfanin kunniakkaimpaan ylhäistöön, enkä soisi sen linjan katkeavan minuun. No, ehkäpä sinä opit läksysi. Olemmehan me kaikki joskus nuoria."

Odessionin nimeä toki kunnioitettiin paljon, mutta isä liioitteli Nikin mielestä kyllä huomattavasti, kuten hänen tapansa usein oli, jos suvun kunniasta tai jostain muusta vastaavasta oli puhe.

10

Isä oli varakas liikemies, joka tuli varakkaasta ja hyvämaineisesta suvusta, mutta kaikista kunniaikkaimpaan ylhäistöön he eivät sentään kuuluneet. Aateliset olivat asia erikseen.

Illallisen jälkeen Nik oli jo menossa nukkumaan, mutta hänen suunnatessaan salongista yläkertaa kohti, kuuli hän takaasa äänekkään rykäyksen.

"Nik, unohditko sinä nyt jotain?"

"Mitä? Ai, kiitos ruuasta isä, kiitos ruuasta, äiti."

"No senkin, mutta puhe oli myös muutamasta raipaniskusta. Tulehan. Nea, sinun on hyvä tulla myös mukaan, niin että sinäkin näet mihin tottelemattomuus voi johtaa. Nikin kurituksen jälkeen voit korjata astiat."

Äiti palasi kamariinsa jatkamaan sinfoniansa kuuntelemista, kun isä vei molemmat lapset pimeään kellariin. Ilmeisesti hän päätteli, että työt jotka eivät kaipaisi päivänvaloa, oli paras tehdäkin hämärässä. Yksi ainoa öljylamppu valaisi heitä, kun isä kaivoi raipan esiin.

"No niin, poika. Paita pois, ja käänny selin päin."

"Entä jos en?" Nik kysyi tyynenä. "Entä jos otan iskun naamaan? Siitä jäisi jälki, joka varmasti herättäisi kysymyksiä kaikissa vastaantulijoissa."

"Nik, onko sinun pakko tehdä tästä niin vaikeaa?" isä mumisi vähän lannistuneen näköisenä. Nik ei voinut olla virnistämättä – pitäisikö tässä oikein sääliä isää? "Tällaiset rangaistukset ovat arkipäivää köyhäistön keskuudessa. Voit uskoa, että siellä olisit saanut raippaa harva se päivä, niin kuin sinä olet käyttäytynyt. Ole nyt kiltti ja käänny selin."

11

Nik huokaisi ja totteli, ja riisui paitansa. Nea seisoi äänettömänä ovensuussa, katsellen Nikin jalkoja.

"Katso, sisko. Isä-parkamme on ottanut kasvatusvinkkejä rutiköyhiltä työntekijöiltään", Nik heitti.

Kun raippa osui Nikin selkään, ei hän kuitenkaan voinut olla huutamatta kivusta ääneen. Isä tuijotti epävarmana poikansa punoittavaa selkää.

"Nea, varmista että ovi on kunnolla kiinni", isä pyysi, selvästi huolissaan siitä että joku ohikulkija saattaisi kuulla huutoja talon sisältä. Tyttö teki kuten pyydettiin.

Uusi isku sattui edellistä enemmän, kun jo valmiiksi arkaan ihoon iskettiin. Kolmannen iskun kohdalla Nik yritti visusti pitää suunsa kiinni, mutta puri vahingossa kieltään, ja huusi sen takia entistäkin kovempaa.

Enempiä iskuja isä ei antanut.

"No niin, eiköhän tämä riitä. Muistakin jatkossa olla mallikansalainen, Nik. Tai näitä tulee lisää. Anteeksi, että sinä jouduit näkemään tämän, Nea. Sinä olet ollut kiltti tyttö, sinua tuskin tarvitsee ikinä rangaista näin. Kiitos siitä. Ja nyt sinä, Nik, menet suoraan vuoteeseen. Nea, korjaa ensin astiat pöydästä. Parempi varmaan tiskatakin saman tien, niin lika irtoaa paremmin. Ja tästä, mitä täällä tapahtui, ei sitten tietenkään ole sopivaa mainita kenellekään. No niin, hyvää yötä."

Hammasta purren Nik maleksi omaan huoneeseensa, ja kävi makaamaan vuoteeseensa. Uni ei kuitenkaan tullut. Selällä makaaminen oli liian kivuliasta, joten hän pyöri hyvän tovin vatsallaan ja kyljellään sopivaa asentoa etsiskellen.

12

Hän ei vieläkään ollut saanut unta, kun oveen koputettiin. Nea astui sisään. Tyttö sormeili vaaleanruskeita, palmikoituja hiuksiaan, katsoessaan arasti veljeään.

"Nik, etkö saa nukuttua?"

"En. Selkä tuntuu yhä olevan tulessa."

"Varastitko sinä tosiaan sormuksen rouva Ernestediltä?"

"Varastin minä. Se vanha eukko saattaa olla hidasälyinen, mutta ei hän sokea sentään ole. Näköjään."

"Nik, miksi sinä olet aina tuommoinen? Mikset sinä voisi olla niin kuin kaikki muutkin?"

Nik nauroi. Hän nousi istumaan, ja katsoi siskoaan silmiään räpäyttämättä.

"Olisiko se sinusta parempi? Jos sinä olisit kiltti pikkusisko, josta jonain päivänä tulee kunniallinen ja kaunis nuori nainen, joka nai jonkun rikkaan toimitusjohtajan, ja minä olisin kiltti isoveli, niin kuin vaikka se herra Davarosin poika, joka perii isänsä tehtaat ja jatkaa suvun perintöä kuten kuuluu? Ehkä me palkkaisimme siivoojia ja hovimestareitakin. Ja jonain päivänä meillä olisi lapsia, jotka opettaisimme kunnon tavoille, oikeiksi mallikansalaisiksi, ihan niin kuin meidätkin. Ja isä ja äiti olisivat niin ylpeitä, ja pormestari itse kehuisi meitä oikeaksi malliperheeksi, joista kaikkien kansalaisten sopisi ottaa mallia. Ja jos me rikastuisimme vielä vähän, ja ehkä tekisimme valtakunnalle jonkun pienen palveluksen, niin ehkä meidät joku päivä peräti aateloitaisiin. Me olisimme lordi ja lady Odession, ja meidät kutsuttaisiin mukaan kuningattaren juhliin. Eikö se olisi hienoa?"

"Olisi", Nea kuiskasi.

13

"No, minä en ole varma onko kukaan meistä oikeasti tuollainen. Sitä tulevaisuutta saat valitettavasti tavoitella yksin. Tai no, et sinä yksin tietenkään ole. Koko muu valtakunta, ylhäistö ainakin, on sinun kanssasi, vaikka mielipuoli veljesi hankaisikin vastaan."

"Mutta Nik, isä on käskenyt sinua vaikka kuinka monta kertaa olemaan varastamatta mitään. Ja vanhempiaan kuuluu totella, eikö?"

"Niinhän sitä *kuuluisi*", Nik murahti. "Ja kaikkihan tekevät aina niin kuin kuuluisi. Ainakin kaikki jotka kuuluvat tänne."

"Mutta Nik, toki sinäkin kuulut tänne. Olethan sinä meidän perheemme perijä."

"Entä mitä sanottavaa sinulla on siitä mitä isä teki? Sitähän hänen *ei kuuluisi* tehdä. Raipan antaminen lapselle, häpeällistä hommaa, soveliasta korkeintaan köyhäistön huonosti käyttäytyville kakaroille. Voi voi, paljonkohan isän maine ja bisnekset kärsisivät siitä, jos tämä tulisi julki?"

"Mutta Nik, itsehän sinä tämän aiheutit. Sinähän se varastit rouva Ernestedin sormuksen."

"Niin, kai minä olen toivoton tapaus. Mutta tämä oli ensimmäinen kerta kun isä myönsi sen. Hei, Nea, nyt minä keksin – sain loistoidean." Nik kävi istumaan sänkynsä reunalle, lähemmäs siskoaan. "Lyö minua. Kasvoille."

Nea tuijotti veljeään kauhistuneena.

"Nik, mitä sinä tarkoitat? Miksi ihmeessä minä sinua löisin? Eihän väkivalta sovi hienoille perheille."

14

"Ja silti sain juuri äsken selkääni. Lyö minua. Kovaa. Niin että siitä jää jälki. Jälki, josta kaikki muutkin näkevät miten toivoton tapaus Nik Odession todella onkaan."

"En", Nea kuiskasi.

"Hmp. Ei sitten. Taidat olla yhtä toivoton tapaus kuin minäkin. Ehkä sinun pitäisi mennä nukkumaan, ettei isä tai äiti vain ala epäillä sinun valvovan kaikkia öitä. Sehän olisi vallan sopimatonta. Äläkä unohda lausua rukoustasi ennen sänkyyn menemistä, kunniasta ja siitä kaikesta muusta."

"Minä... hyvää yötä."

Vilkaistuaan vielä nopeasti kyljelleen käpertyvää veljeään, pyyhälsi Nea omaan huoneeseensa. Ruskeiden lettien vilahduksen myötä hän oli poissa, ja hitaasti Nik alkoi vaipua uneen.

Luku 2: Lady Fyggenhein

Nik kävi viimeistä vuotta Sivistanin korkeampaa yläkoulua; se oli kallis koulu, mihin vain varakkailla ylhäistöperheillä oli varaa laittaa lapsensa. Myös Nea kävi samaa koulua vuoden alemmalla luokalla.

Päivän aikana Nik oppi historiaa ja geometriaa. Oli uskomatonta, miten suuret sodatkin pystyttiin esittämään todella tylsinä tapahtumina, joiden vuosilukuja he opettelivat, koska jokaisen sivistyneen kansalaisenhan oli toki tunnettava oma historiansa. Geometria oli sentään mielenkiintoista; vaikka suuri osa koulusta olikin pelkkää ajanhukkaa, Nik piti geometristen tehtävien ratkomisesta, jotka pakottivat ajattelemaan asiaa itse, sen sijaan että vain painoi muistiinsa minä vuonna mikäkin taistelu oli käyty. Iltapäivällä he pelasivat vielä liikuntatunnilla jalkapalloa. Vaihtaessaan tunnin jälkeen pukuhuoneessa ylleen puhdasta paitaa, Nik toivoi että joku muista pojista olisi kiinnittänyt huomiota hänen selässään näkyviin jälkiin, mutta Sivistanin hyviin tapoihin ei valitettavasti kuulunut vilkuilla pukuhuoneessa muiden poikien selkiä.

Muutaman korttelin päässä sijaitsi normaali yläkoulu, missä köyhien perheiden lapset kävivät. Kotimatkallaan Nik päätti kulkea normaalikoulun ohi katsellakseen vähän, miltä oppilaat siellä näyttivät. Eikä hän yllättynyt nähdessään monien poskissa ei-niin-vanhan näköisiä ruhjeita.

"Hei", kuului pojan ääni. "Kuka sinä olet? Taidat käydä korkeampaa, vai mitä?"

Nikin edessä seisoi häntä hivenen nuoremman näköinen, kuluneisiin ruskeisiin vaatteisiin pukeutunut, tummatukkainen poika. Nik pysähtyi ja nyökkäsi.

"Nik on nimeni."

"Pat. Mitä sinä täällä teet? Täällä näkyy harvoin teikäläisiä, vaikka eihän välimatka nyt niin hirveän iso ole."

"Kuljen vain tästä ohi. Olen kotimatkalla."

"Niin minäkin, ja kuljemme jopa samaan suuntaan."

Hetken kaksi poikaa kävelivät hiljaa vierekkäin pieniä hiekkateitä pitkin, kehnosti rakennettujen pienten talojen täyttämän köyhäistöalueen läpi. Täällä Nik oli harvoin käynyt – ylhäistöväki ei juuri liikkunut täälläpäin, monet eivät varmaan tienneet koko alueen olemassaolostakaan. Nik tarkasteli varovasti Patia. Tämänkin kasvoissa näkyi pieni ruhje, mutta se näytti aika vanhalta. Ja yhtä hyvinhän poika oli saattanut vaikka kaatua soratiellä.

"Millaista siellä on? Siellä korkeammassa koulussa?" Pat kysyi.

"Nojaa, tylsää enimmäkseen. Tänään meille opetettiin geometriaa ja Belfanin historiaa aina muinaisten kuningassukujen suureen sotaan ja hirveään nälkävuoteen asti. Ja pelasimme me jalkapalloa."

"Ai tekin pelaatte jalkapalloa? Minä olin kuvitellut että se on liian rahvaanomaista teidänlaisillenne, että te pelaisitte jotain hevospooloa tai vastaavaa. Meille ei ikinä ole opetettu geometriaa, pelkkää ynnäystä. Enkä minä oikein tunnu oppivan sitäkään."

17

"Ei ynnäys ole vaikeaa", Nik totesi. "Lasketaan vain yhteen." Pat ei vaikuttanut kovinkaan terävältä.

"Niin opettajakin aina sanoo", Pat murahti. "No, minä kuljen tästä tuonnepäin. Hei sitten."

"Hei –" Nik aloitti, mutta tarttui sitten Patia kädestä eikä päästänyt tätä lähtemään. "Hyvä yritys." Nik puristi lujempaa, ja Pat pudotti Nikin taskusta ottamansa hopeakolikon. Nik päästi irti Patista, poimi kolikon, ja tutkaili arviolta Nean ikäistä poikaa kiinnostuneena.

"M-minä –" Pat änkytti, ja käännähti sitten juostakseen pakoon, mutta Nik kampitti häneltä jalat alta, jolloin poika lensi nenälleen maahan.

"Tiesitkö, että joissain muissa kaupungeissa taskuvarkaita saatetaan hirttää, jos he jäävät kiinni useamman kerran?" Nik kysyi.

"Tuota... en. En ole kuullut siitä. Se kuulostaa pahalta. Mutta täällä..."

"Täällä rikoksia tapahtuu äärimmäisen harvoin, eikä ketään ole hirtetty vuosiin", Nik totesi. "Näin minä ainakin luulin."

Hän ojensi kätensä, ja epäröiden poika tarttui siihen. Nik veti hänet pystyyn.

"Paljonkohan rikoksia tapahtuu poliisipäällikön nenän alla, ilman että tämä tajuaa niitä?" Nik pohti. "Teetkö sinä useinkin tällaista?"

Nik oli itse jäänyt kolme kertaa kiinni taskuvarkaudesta, mutta todellisuudessa hän oli ryöstänyt varmaan ainakin parikymmentä ihmistä.

18

"Olen pahoillani", Pat mutisi. "Me olemme hyvin köyhiä. Tuota... voisitko mitenkään olla kantelematta tästä? En tahtoisi hirttopuuhun. En minä tätä usein tee, mutta me tarvitsemme rahaa ruokaan."

"Sinä olet hyvä", Nik sanoi. "Mutta miten hyvä? Nyt sinä ainakin valehtelet."

"No... niin. Olen minä varastanut montakin kertaa, mutta en ole koskaan jäänyt kiinni. Pari kertaa oli kyllä tosi hilkulla. Tuota noin... täytyy sanoa, että sinä et kyllä ole yhtään sellainen kuin minä odotin." Hän ojensi kätensä. Nik tarttui siihen, ja he kättelivät. "Oikeasti minä en ole Pat. Minun nimeni on Harol Munder. Ajattelin, että jos huomaisit kolikon hävinneen, et ainakaan tietäisi minun oikeaa nimeäni."

Nik nyökytteli.

"Sinä olet hyvä."

"Ja jos sinä et ilmoita tästä poliisille, olen sinulle kiitollisuudenvelassa. Jos joskus tarvitset palvelusta, työvoimaa, mitä tahansa, minä lupaan olla käytettävissä."

Harol kumarsi Nikille syvään.

"Sehän kuulostaa hyvältä", Nik sanoi verkkaisesti. "Minä olen Nik Odession."

"Odession? Sitten sinun isäsi on..."

"Alford Odession, joka omistaa sekä kaupungin makrillitehtaan että veitsitehtaan, kyllä."

"Me syömme usein hänen makrillejaan, jos meillä on varaa, emmekä ole saaneet omia kaloja. Isoveljeni käy usein

19

kalastamassa, meillä on pieni soutuvene. Ja isä jopa haki joskus töihin makrillitehtaalle, mutta ei päässyt sinne."

"Sepä kiva", Nik mutisi. "Kuule, Harol, pidä vain tämä kolikko, eleenä ystävyydestäni."

Harol tuijotti suurin silmin kolikkoa, jota Nik hänelle ojensi.

"Oletko tosissasi? Sitten minä jään sinulle tuplasti suurempaan kiitollisuudenvelkaan."

"Ota se vain, sinä tarvitset sitä enemmän kuin minä. Sitä paitsi minäkin olen varastanut monta hopeakolikkoa, joten voidaan sopia, että minä en ansaitse tätä kolikkoa sen enempää kuin sinäkään."

"Mitä, oletko sinäkin taskuvaras? Miksi ihmeessä?" Harol ihmetteli ottaessaan vastaan Nikin tarjoaman kolikon.

Nik kohautti olkiaan.

"Kun rikkailla on enemmän rahaa kuin he tarvitsevat, he alkavat käyttää aikaansa kaikenlaisiin typeryyksiin. Suurin osa yrittää näyttää mahdollisimman kunniallisilta. Ostavat kalliita koruja, käyvät kirkossa, käyvät oopperassa, käyvät taidenäyttelyissä. Puhelevat keskenään siitä miten paljon enemmän rahaa heillä on kuin he tarvitsisivat. Ylistävät vuoroin vanhempiaan, pormestaria, kuningatarta ja jumalaa. Mutta minä käytän aikani mieluummin kokeillakseni, miten paljon pystyn varastamaan heiltä, ennen kuin jään kiinni."

"Onko siinä jotain järkeä?"

"Järkeä? Älä kysy! Onko missään mitään järkeä?"

20

"Ehkä ei. Tuota... ainahan minä olen toivonut, että voisin jättää tämän köyhän elämän taakseni, missä pitää joka päivä miettiä, onko meillä varaa ruokaan huomenna, ja toivonut, että saisin rahaa ja pääsisin mukaan siihen, mitä äiti kutsuu eliitiksi. Mutta kun sinä sanot asian noin, niin en olekaan enää ihan varma..."

"Kuule Harol... jos haluat joskus pienten taskuvarkauksien sijaan varastaa kunnon potin, millä perheesi elää monta kuukautta, niin ollaan yhteyksissä."

"Mitä? Mitä sinä tarkoitat?"

"Minä kuljen taas pian sinun koulusi ohi. Kuulemiin."

Nik lampsi tiehensä ja jätti hölmistyneen näköisen Harolin tuijottamaan peräänsä.

Kotona Nik ei yllättynyt nähdessään aikaisemmin koulusta palanneen siskonsa siivoamassa, kuten kiltin tytön kuului. Nykyään Nea hoiti suurimman osan kotiaskareista, yksinkertaisesti siksi että hän ei osannut kieltäytyä, kun vanhemmat käskivät häntä johonkin. Jokaisen kunniallisen kansalaisen velvollisuuksiinhan kuului vanhempiensa totteleminen. Nik oli kiitollinen siitä, ettei hän ollut kunniallinen kansalainen.

"Nik, tulithan sinäkin kotiin", äiti tervehti kireänä, auttaessaan Neaa pyyhkimään pölyjä lipastonlaatikolta. "Vaihda juhlapuku päällesi, me saamme vieraan illaksi. Lady Fyggenhein tulee käymään luonamme. Sinäkin, Nea, vaihda tuo vanha mekko juhlaleninkiisi. Tämä on suuri kunnia, saada aatelinen vieras kotiinsa. Me tarjoamme hänelle illallista, ja te kaksi käyttäydytte niin siivosti että se sopisi itsensä kuningattaren hoviin. En kestäisi sitä jos jotain ikävää tapahtuisi Fyggenheinin nähden."

21

Nik huokaisi. Lady Fyggenhein oli äidin hyvä ystävä, johon tämä oli tutustunut jossain kulttuuririennossa. Ja voi kuinka ylpeä äiti olikaan, kun saattoi silloin tällöin emännöidä oikeaa aatelista ladya. Sivistanin alueella ei asunut kuin muutamia aatelisia, joten he saivat kaikki sietää jos jonkinlaisia siipeilijöitä, jotka toivoivat pääsevänsä hyviin väleihin heidän kanssaan. Mutta äiti sanoi aina että Fyggenheinin ja hänen ystävyys oli aidompaa kuin kenenkään siipeilijän.

Nik painui jupisten hakemaan juhlapukunsa vaatehuoneesta. Hän inhosi sen käyttöä. Mutta sitten hän tuli ajatelleeksi, että äiti oli sanonut vain, että hänellä tuli olla puku päällään. Ja hänen tulisi käyttäytyä. Mutta pienten ehostusten tekemistä pukuun äiti ei ollut kieltänyt.

"Lapset, nyt hän tulee! Tulkaa tervehtimään lady Fyggenheiniä!"

Äidin käskystä Nik ja Nea kipaisivat alakertaan, isän ja äidin viereen.

"Nik, mitä sinä olet tehnyt?" äiti kauhistui.

"Minä panin juhlapuvun päälleni", Nik sanoi viattomasti.

Sekä isä että äiti tuijottivat Nikin mustaa juhlapukua, joka oli revitty täyteen reikiä, joista hänen punainen aluspaitansa hohti läpi, ja jonka hartioihin oli kiinnitetty näyttäviä punaisia linnun sulkia. Nik oli myös sotkenut tummanruskeat hiuksensa, jotka sojottivat nyt pystyssä, ja värjännyt ne osin punaisiksi.

"Eikö näytä hienolta?" Nik kysyi. "Et kieltänyt pientä ehostautumista."

"Voi Nik", äiti ärisi, haudaten kasvonsa käsiin, mutta silloin oveen jo kolkutettiin. Äiti pyyhki tuskastuneen ilmeen kasvoiltaan, ja riensi avaamaan. Koreaan silkkileninkiin sekä isoon, kotkan sulkien koristamaan hattuun pukeutunut lady Fyggenhein astui sisään. Hänen kaulallaan komeili upea helminauhakaulakoru.

"Hyvää iltaa, Margaria", aatelisnainen tervehti. "Toivottavasti voit hyvin."

"Kyllä, kyllä, kiitos kysymästä", äiti hölisi viitatessaan Fyggenheinin kohti hattuhyllyä, minne tämä asetti ylisuuren hattunsa. "Ihastuttavaa, että pääsitte tulemaan, lady Fyggenhein."

"Voi, ilo on minun puolellani. Ja siinähän on Alford – ja lapsenne."

Fyggenhein pysähtyi katsomaan Nikiä. Hän nyrpisti nenäänsä.

"Nikillä on taas tällainen, sanokaamme taiteellinen vaihe päällä", isä sanoi, yrittäen hymyillä anteeksipyytävästi. "Pojalla näitä villejä ajatuksia riittää."

"Selvästi", Fyggenhein tokaisi jäätävään sävyyn. Nik ei sanonut mitään, tyytyi vain hymyilemään teennäisesti. "Ja siinähän on pikku Nea, kauniina niin kuin aina. Olet kasvanut sitten viime näkemäni."

Nea vilkaisi paheksuvasti Nikiä, hymyili ladylle, ja niiasi täsmälleen kuten häntä oli opetettu tämänlaisia tilanteita varten.

"Hänestä ainakin tulee kelvollinen nuori nainen", Fyggenhein sanoi hyväksyvästi.

"Meillä on illallinen valmiina, siirrytäänkö pöytään", äiti sanoi, yrittäen siirtää puheenaihetta pois lapsista. Mutta valitettavasti

23

suunnitelma oli, että koko perhe söisi yhdessä lady Fyggenheinin kanssa. Se oli kiusallinen ateria. Fyggenhein ei vilkaissut Nikiä kertaakaan. Äiti yritti kysellä miten lordi Fyggenhein voi, mutta sekään keskustelu ei oikein ottanut tuulta alleen. Nik rikkoi pitkän hiljaisuuden alkamalla hyräillä itse keksimäänsä sävelmää, mutta äiti keskeytti sen nopeasti kivahtamalla: "Nik, mitä minä olen sanonut ruokapöydässä hyräilemisestä?"

Lopulta kaikki näyttivät olevan helpottuneita, kun lapset illallisen jälkeen jättivät lady Fyggenheinin äidin ja isän seuraan.

"Nik, tuo ei ollut ollenkaan kivasti tehty", Nea sanoi portaikossa. "Äiti odotti ladyn vierailua niin kovasti."

"Mutta näithän sinä hänen ilmeensä? Miten olisin voinut jättää sen väliin?" Nik puolustautui. "Ja itse asiassa... taidan palata alakertaan, yritän vähän salakuunnella heitä, jos kuulisin mitä he meistä puhuvat."

"Ei, et saa salakuunnella, se on rumaa", Nea parahti. "Vanhempien salakuuntelu on varmasti rumimpia asioita mitä lapsi voi tehdä! Minä kerron äidille."

"Äh, et kai sinä halua että Fyggenhein häpeää äitiä vielä siitäkin? Kerro hänelle vasta sitten kun arvon lady on lähtenyt, niin äiti ei joudu häpeämään silmiä kokonaan päästään minun takiani."

Nea jäi tuijottamaan Nikiä, minkä Nik käytti hyväkseen ja palasi hiljaa hiipien alakertaan. Ilmeisesti hänen perustelunsa oli mennyt läpi, sillä Nea ei seurannut perässä.

Nik hiipi salongin ulkopuolelle, ja kuuli miten aikuiset keskustelivat, kuten arvata saattoi, lapsista.

"Nik on käynyt viime aikoina aivan mahdottomaksi", äiti valitti. "Hän ei tunnu välittävän enää ollenkaan perheemme kunniasta tai vanhoista perinteistä."

"Varmaan se on vain ohi menevä vaihe", isä toppuutteli. "Monet nuoret käyvät läpi tuollaisia outoja aikoja, mutta yleensä he sitten rauhoittuvat. Vaikka on myönnettävä, että Nikillä tämä on kyllä poikkeuksellisen voimakas."

"Teinä minä kyllä kurittaisin poikaa kovemmin", Fyggenhein neuvoi. "Näin hankalassa tapauksessa ehkä raipankin käyttö saattaisi olla paikallaan. Tuo tämänpäiväinen oli nimittäin jo aivan käsittämätöntä. Minä sanon tämän sinun ystävänäsi, Margaria. Teidän on palautettava poika raiteilleen, tai muuten maineenne saattaa kärsiä peruuttamattomasti. Ei näin hienon ja kunniallisen perheen poika vain kerta kaikkiaan voi käyttäytyä kaikista säännöistä välittämättä. Ne taskuvarkaudet on ainakin saatava loppumaan."

"Kyllä, kyllä, se on meidänkin tärkein prioriteettimme", äiti vakuutti.

"Mutta ei teidän pidä syyttää itseänne liikaa", Fyggenhein sanoi. "Parhaissakin piireissä sattuu silloin tällöin ongelmatapauksia. Ja Nean kanssa olette ainakin tehneet hyvää työtä."

Pian keskustelu siirtyi pormestarin nimittämiin uusiin varainhoitajiin, eikä Nik enää jaksanut kuunnella pitempään. Hän oli kuitenkin kuullut sen mitä halusikin, joten hän hiipi takaisin ylös omaan huoneeseensa, ja kävi pian nukkumaan.

Ennen nukahtamistaan hän kuitenkin päätti, kuka joutuisi hänen ensimmäisen suurryöstönsä kohteeksi.

25

Luku 3: Pelin säännöt

"Reitti selvä. Mennään!"

Nik ja Harol laittoivat keltaiset hymynaama-naamarit kasvoilleen, ja juoksivat sivukujalle kääntyneen herrasmiehen perään. Tämä oli pukeutunut Sivistanin yläluokalle tyypilliseen mustaan pukuun ja silinterihattuun, ja ilmeisesti aikoi oikaista sivukujan kautta, sillä pääkatuja pitkin korttelin toiselle puolelle olisi ollut huomattavan paljon pitempi matka. Kenties hän oli matkalla kaupungintalolle, tai ehkä pankkiin tai oopperaan – Nikille sillä ei ollut väliä. Hän kuitenkin pysähtyi, kun naamiopäinen Harol asettui hänen eteensä suuri puukalikka kädessään.

"Pysähdypä siihen paikkaan, ukkeli", Nik käski.

Silinteripäinen mies tajusi olevansa saarrettuna, yksin hämärällä, kapealla kujalla, mutta näytti lähinnä pöyristyneeltä, ei kovin pelokkaalta – ikään kuin ei olisi suostunut uskomaan, että Sivistanissa saattoi liikkua näin hämäräperäisiä hyypiöitä.

"Penteleen pojannulikat, mitä tämä on olevinaan?"

"Tämä on ryöstö. Ovatko ne niin harvinaisia täälläpäin, että sellaista ei tunnista kun näkee?"

"Halvatun kakarat! Minä teen teistä ilmoituksen poliisille. Riisukaa nuo typerät naamarinne ja näyttäkää kasvonne!"

Hän oli ojentamassa kättään riisuakseen Nikin naamaria, mutta silloin Harol löi häntä karahkallaan lujaa lonkkaan, ja hän vajosi parahtaen toisen polvensa varaan.

"No niin, rahat tänne!" Harol käski.

"No voi hyvänen aika", mies ärähti, ja veti henkeä huutaakseen apua.

Nikin veitsi ilmaantui hänen kurkulleen.

"Äläpä inahdakaan, ukkeli."

Mies pysyi hiljaa, ja otti taskustaan kukkaronsa. Nik nappasi sen ja ojensi Harolille, joka avasi sen, ja kaatoi kukkaron sisällön toiseen kouraansa.

"Olisin toivonut vähän parempaa", Nik totesi. "Oletteko te todellisuudessa köyhempi kuin mitä teeskentelette olevanne? Häpeällistä."

Nik huomasi ryöstetyksi tulemisen ja henkensä uhkaamisen kirpaisevan uhriaan kovasti, mutta kenties vieläkin kovemmin tätä näytti kismittävän vihjailu köyhyydestä ja kunnian kyseenalaistaminen. Huvittavaa.

Nik nyökkäsi Harolille, joka heitti tyhjennetyn kukkaron maahan omistajansa eteen. Nik potkaisi tätä vielä vatsaan. Ukon jäädessä kujalle vaikeroimaan, juoksivat he pois ennen kuin tämä saisi rohkeutensa takaisin ja huutaisi apua.

"Sehän meni hyvin", Nik nauroi heidän riisuessa naamareitaan pääkadun puiston puiden varjossa.

Harol ei kuitenkaan näyttänyt täysin vakuuttuneelta.

"Minä en ole ihan varma, Nik. Tarkoitan, en tiedä pidänkö tästä sittenkään. Mitä jos jäämme kiinni? Taskuvarkaus on yksi asia, mutta häntä saattoi oikeasti sattua pahasti. Ja sinä uhkasit häntä veitsellä."

27

Nik otti äkkiä Harolia hihasta ja kääntyi toiseen suuntaan, eteenpäin pääkatua.

"Tule. Mennään tuonne, rannalle, ja puhutaan siellä."

He kävelivät meren rantaan, Siv-joen suistoon rakennetun sataman liepeille, ja istuutuivat suuren kiven päälle katselemaan hämärtyvää merta. Suuri purjelaiva oli juuri lähtenyt satamasta.

"Paljonko saimme saalista?" Nik kysyi. "Ynnäämistähän sinä osasit?"

"Joo", Harol sanoi ja alkoi laskeskella kolikkoja. "Seitsemän kultarahaa ja yksitoista hopeaa", hän ilmoitti selvästi ylpeänä laskutaidostaan.

"Minulle kolme kultarahaa ja sinulle loput", Nik sanoi. "Sinä tarvitset niitä enemmän."

Hän poimi Harolin kädestä kolme kultaa ja laittoi ne taskuunsa. Harol tuijotti ihmeissään hänelle jääneitä neljää kultaa ja yhtätoista hopeaa. Luultavasti poika ei ollut ikinä eläissään nähnyt niin isoa summaa. Vaikka Nik oli puhunut totta sanoessaan toivoneensa parempaa saalista, ei tämä silti ollut huono saldo heidän ensimmäiselle yhteiselle rikokselleen. Vaikka toisin kuin Harolille, Nikille rahasummalla ei ollut niin väliä. Tärkeämpää oli se, että Nik oli nähnyt miten Harol toimi tositilanteessa.

"Sinä et olisi halunnut lyödä häntä", Nik sanoi. "Siksikö, että pelkäät mitä sinulle tapahtuu, jos jäät kiinni siitä?"

"Niin", Harol sanoi. Hän tuumaili hetken, ja lisäsi sitten: "Ja onhan se toki erittäin huonoa käytöstä. Ei kovin kunniallista."

"Niin", Nik sanoi. "Se."

28

"Sinä olet erikoinen, Nik. Erilainen. Sen voin vielä ymmärtää, että joku minunlaiseni ryöstää viattomia ihmisiä, uhaten heitä väkivallalla. Koska minulla ei ole rahaa. Mutta sinä olet eliittiä. Joka ikinen minunlaiseni olisi valmis mihin vain päästäkseen sinun paikallesi. Sinä olet kunniallisesta perheestä, sinulla on rahaa. Sinun ei tarvitsisi varastaa. Ja silti sinä riskeeraat kaiken sen kunnian. Miksi? Sinä et tarvitse rahaa, saaliistammekin sinä annat suuremman osan minulle. Miksi sinä teet tätä, Nik?"

Nik katseli hyvän tovin avomerta kohti purjehtivaa laivaa, ennen kuin vastasi.

"Se on totta. Minä en tarvitse rahaa. Ja toisin kuin sinä, minä en pelkää sitä mitä tapahtuisi, jos jäisin kiinni. Ei, en tarkoita hirttopuuta", hän sanoi nähdessään Harolin kauhistuneen katseen. "Tarkoitan kunniaani. Näitkö sinä miten se ryöstämämme ukko reagoi minun sanomisiini? Hän suuttui tietenkin siitä kun ryöstimme hänet, ja säikähti kun uhkasin häntä veitsellä. Mutta minä olen aika varma, että kaikista eniten häntä harmitti se, kun minä epäilin että hän ei oikeasti ole niin rikas kuin yrittää teeskennellä. Eikä hän varmaan olekaan." Harol tuijotti Nikiä epäileväisenä, mutta Nik oli kiinnittänyt katseensa kauas horisonttiin. "Meidän eliitin elämä ei ole niin auvoisaa kuin sinä luulet, Harol. Koko elämä on pelkkää typerien sääntöjen noudattamista, sääntöjen, joilla ei ole mitään muuta tarkoitusta kuin olla olemassa. Toki teilläkin on sääntönne, mutta jos te rikotte niitä, se ei ole niin vakavaa, koska tehän olette vain köyhäistöä. Mutta jos joku ylhäistössä rikkoo sääntöjä, silloin kaikki kyseenalaistavat hänen kunniansa ja sopivuutensa koko ylhäistöön. Ja jostain kumman syystä kaikki haluavat silti kuulua ylhäistöön! Ainoa hyöty mitä minä siinä näen on raha, ja näköjään sitä voi hankkia muillakin keinoin." Nik katsoi taas Harolia ja hymyili. "Sinä kysyit miksi minä teen tätä. Huvin vuoksi, se on minun syyni. Koska haluan nähdä ilmeet heidän

29

kasvoillaan, kun heidän täydelliseen ja turhamaiseen maailmaansa tulee pieni särö."

Harol tuijotti häntä yhä.

"Siksikö meidän piti hakata häntä? Koska halusit aiheuttaa särön hänen maailmaansa?"

"Niin. Jos me olisimme vain ryöstäneet rahat hänen taskuistaan, ei hän välttämättä olisi edes tajunnut tulleensa ryöstetyksi. Seitsemän kultarahaa on sinulle iso summa, Harol, mutta tämän kaupungin rikkaat eivät välttämättä koskaan huomaisi, vaikka heiltä vietäisiin sen verran rahaa joka päivä."

"Hän ilmoittaa meistä poliisille", Harol sanoi.

Nik nauroi.

"Antaa hänen ilmoittaa. Hyvä niin. Siksihän meillä oli naamiot, jotta hän ei voinut tunnistaa meitä. Älä huoli, Harol, en ikinä antaisi sinun jäädä kiinni."

Harol nyökkäsi ja laittoi omat kolikkonsa taskuunsa.

"Mikä on seuraava kohteemme?"

"Odotas kun kuulet", Nik innostui. "Tämä oli pelkkä testi. Taskuvarkaudeksi tämä oli hyvä saalis, mutta ensi kerralla iskemme oikeasti isoihin rahoihin. Me murtaudumme lordi ja lady Fyggenheinin kartanoon."

Harol tuijotti taas Nikiä silmät pyöreinä ja suu auki.

"Sinä pelleilet. He ovat aatelisia."

"Kukapa siis olisi parempi kohde?"

30

"Mutta entä..."

"Älä vain kysy minun kunniastani. Muistathan mitä minä äsken sanoin siitä."

Harol sulki suunsa.

"Vaikka rikkaita ryöstettäisiin veitsillä uhaten kadulla, ei kukaan silti kuvittelisi että aatelisetkin voivat joutua ryöstetyiksi", Nik sanoi. "Mutta miksi? Onko heidän kartanoonsa muka mahdotonta murtautua? Ei ole. Toki se on lukittu ja suojattu paljon paremmin kuin tavalliset talot, mutta oikea syy sille että kukaan ei kuvittele että sinne voisi murtautua, on se että kaikki ovat taas niin tylsiä ja ajattelevat vain sitä iänikuista kunniaa. Kunnia sinne, kunnia tänne. Mutta mehän olemme jo hylänneet kunnian, vai mitä, Harol? Mitä menetettävää meidän kunniallamme enää on, vaikka ryöstäisimme itsensä kuningattaren?"

"Entä jumala?" Harol kysyi. "Vaikka hylkäisimme kaiken maan päällisen kunnian, niin eikö jumala lopulta kuitenkin tuomitse meidät?"

Nik nauroi taas.

"Siinäpä toinen vielä suurempi vitsi. Kunnia ja jumala, joista kukaan ei ole koskaan hyötynyt pätkän vertaa, mutta jotka molemmat hallitsevat koko valtakunnan elämää!"

Harol ei sanonut mitään.

"Me emme myöskään tule jäämään kiinni, koska kukaan ei osaa odottaa, että joku hylkäisi kunniansa näin. Tai ehkä joku nälkää näkevä köyhä, mutta he taas eivät ole riittävän ovelia, tai tiedä tarpeeksi paljon, jotta voisivat kuvitella ryöstävänsä ketään muita kuin satunnaisia vastaantulijoita kadulla, koska heillä ei ole varaa opiskella hienoissa kouluissa missä opetettaisiin geometriaa ja muuta hienoa. Mutta tiedätkö mitä me teemme, Harol? Me muutamme pelin sääntöjä. Ei, hiiteen kaikki säännöt! Me rikomme ne."

Harol oli taas hyvän tovin hiljaa, ennen kuin sanoi: "Minä haluan vain rahaa, jotta perheeni saa ruokaa."

"No sen sinä saat. Mutta sinä olet enemmänkin kuin pelkkä taskuvaras. Kun ensi kerran tapasimme, sinä kerroit minulle ensin väärän nimen. Mikä se olikaan? Pam? Pat? Mat? Jotain sinne päin. Miksi? Koska sinä olet ovela. Siksi minä otin sinut mukaan. Eikö sinusta ole ollenkaan hauskaa kokeilla, miten isoja varkauksia pystyt tekemään jäämättä kiinni?"

"No", Harol mutisi, "onhan se. Hyvä on, jos uskot että pystymme siihen, niin ryöstetään heidät. Mutta minä en haluaisi hakata heitä."

"Hyvä on, ei hakata. Se on siis sovittu. Tule lauantaina käymään meidän luonamme, vanhempani ovat silloin poissa. Selostan sinulle suunnitelmani. Ja kerron joitain asioita joita sinun on hyvä tietää Fyggenheineistä."

Luku 4: Nea ja Harol

Nea ei ollut koskaan käsittänyt veljeään. Nik oli kyllä hauska ja välitti Neasta, mutta hän ei ollut ikinä osannut käyttäytyä kuten heidänlaistensa kunniallisten perheiden lasten kuuluisi. Hän oli aina uhmaamassa joko vanhempiaan tai sitten itse poliisipäällikköä. Nea oli jatkuvasti huolissaan siitä että joskus Nik menisi liian pitkälle, eikä hänen kolttosiaan enää voitaisi katsoa läpi sormien. Se olisi paha isku koko perheen kunnialle, ja saattaisi vaikuttaa suuresti Neankin elämään; mutta ennen kaikkea se tuhoaisi Nikin oman tulevaisuuden. Jostain syystä Nik ei tuntunut tajuavan tätä.

Tänä aamuna Nea ei kuitenkaan viitsinyt murehtia veljeään. Hän päätti keskittyä omiin kokoelmiinsa. Hän kaivoi pöytälaatikostaan esiin rasian, johon hän oli kerännyt tärkeimmän kokoelmansa. Rasiassa oli jos jonkinlaisia kauniita esineitä; koruja, simpukankuoria, kiviä, pienoisveistoksia; kaikkea mitä kunniallisen ylhäisen tytön kuuluikin keräillä. Äiti oli kyllä opettanut, että näin nuoren tytön ei sopinut käyttää paljon koruja, mutta kun Nea kasvaisi isoksi, aikoi hän pitää useampia kaulakoruja ja sormuksia kerrallaan, ja hankkia korviinsa reiät, joissa saattoi pitää korvakoruja; vain kaikista ylhäisimpien naisten oli soveliasta käyttää sellaisia. Neasta oli ihanaa järjestellä korujaan ja suunnitella mitä niistä hän käyttäisi samanaikaisesti. Hän innostui jopa laittamaan niitä päälleen peilin edessä – kyllä, kunhan hän kasvaisi, tulisi hänestä Sivistanin kaunein hienostonainen, ja hän naisi jonkun rikkaan miehen, ja ehkä heidät vielä joskus aateloitaisiin...

"Nik! Nea! Me lähdemme nyt!"

Nea riisui hätäisesti ylimääräiset korunsa ja juoksi alakertaan. Nik vilkutti jo siellä äidille ja isälle, jotka olivat lähdössä koko päiväksi tapaamaan jotain ystäviään; tällä kertaa he eivät olleet halunneet ottaa lapsia mukaan.

"Olkaahan kiltisti", isä sanoi. Hän katsoi Nikiä ja heristi sormeaan. "Erityisesti sinä, Nik. Jos kuulen yhtään minkäänlaisesta kolttosesta, niin tiedät mitä siitä seuraa."

"Olen kiltisti", Nik lupasi hymyillen. Ehkä hän tosiaan oli oppinut läksynsä, Nea toivoi.

Mutta hyvin pian vanhempien lähdettyä Nik sanoi: "Hei Nea. Tänne tulee sitten kohta yksi tyyppi."

"Mitä, kuka?"

"Yksi minun kaveri."

"Nik, emme saa kutsua tänne ystäviä ilman vanhempiemme lupaa!"

"No, eihän sinun tarvitse kertoa siitä heille."

"Nik!"

Mutta Nik oli jo hävinnyt keittiöön tekemään itselleen välipalaa. Nea palasi kiukkuisena huoneeseensa. Päivä oli alkanut hyvin, mutta nyt Nik oli taas pilannut sen.

Tavallaan Nea kyllä myös ihaili Nikin röyhkeää asennetta, joka soi hänelle sellaisen vapauden, mitä Nea ei ollut ikinä kokenut. Nik ei esimerkiksi hoitanut juurikaan kotitöitä, koska hän yksinkertaisesti vähät välitti vanhempiensa pyynnöistä. Niinpä hyvin suuri osa niistä oli aina jäänyt Nean hoidettavaksi, koska hän kilttinä tyttönä aina totteli vanhempiensa pyyntöjä. Toisinaan isä oli kyllä palkannut siivoojia käymään heidän luonaan, mutta edelliselle hän oli antanut potkut kun ei ollut tyytyväinen tämän työhön. Usein Nea myös tunsi itsensä vähän yksinäiseksi, koska ei juuri koskaan pyytänyt ystäviä kylään tai vieraillut heidän luonaan, sillä kotona riitti aina jotain tekemistä. Olihan Nikin vapaus tavallaan kadehdittavaa, mutta ei sitä vain voinut elää välittämättä yhteisistä säännöistä ja perheen kunniasta. Itse jumalahan niistä jo käski välittämään.

Kun Nea myöhemmin kävi alakerrassa, näki hän Nikin esittelevän taloa noin itsensä ikäiselle, tummatukkaiselle pojalle. Tämä oli pukeutunut risaiseen pellavapaitaan – kuului selvästi köyhäistöön, Nea tajusi. Korkeampaan yläkouluun tuollaista pukeutumista ei olisi ikinä hyväksytty. Miten ihmeessä Nik oli mennyt ystävystymään noin läheisesti köyhäistöpojan kanssa?

Nik huomasi Nean ja sanoi: "Tuo on siskoni Nea. Nea, tämä on Harol."

"Nik – hänhän –" Nea aloitti.

"Kuuluu köyhäistöön?" Nik ehdotti käsiään levittäen. "No, ei enää kauan." Nea ei tiennyt mitä Nikin virne oli tarkoittavinaan. "Nea, rakas siskoni, kaikki eivät ole syntyneet yhtä rikkaisiin perheisiin kuin me. Mutta Harol tässä on paljon minua kunniallisempi ihminen, sen voin taata."

"Vai sisko", Harol sanoi hymyillen veikeästi. "Hyvää päivää, Nea."

Hän kumarsi hienoisesti. Nea tajusi yhtäkkiä että hän oli hyvin komean näköinen, vaikka olikin pukeutunut rääsyihin. Hänen tummat hiuksensa kehystivät tyylikkäästi laihoja kasvoja – mutta vaikka poika oli laiha, mahdollisesti lievästi aliravittu, oli hän silti vahvarakenteinen.

"Nik esitteli minulle teidän hienoa taloanne", Harol jatkoi. "Tämähän on upea! En ole ikinä käynyt näin isossa talossa. Te olette kyllä oikeita onnenpekkoja."

Harol sulki äkkiä suunsa. Sivistanissa ei ollut tapana että köyhät kommentoivat rikkaiden omaisuutta, tai etenkään syitä siihen, että heillä oli se.

Nea ei oikein tiennyt mitä sanoa.

"H-hyvää päivää."

Hän niiasi kuten hienon naisen kuului vieraan ihmisen tavatessaan. Sitten hän muisti, että köyhäistöön moisia sivistyneitä eleitä ei ollut tarpeen tuhlata, mutta Harol näytti vaikuttuneelta.

"Mitä te sitten aiotte täällä tehdä?" Nea kysyi.

Tähän vastasi Nik: "Se ei taida kuulua sinulle, vai mitä, siskoseni? Eikö siitäkin ole joku sääntö, että jos talon isännällä ja vieraalla on yksityistä asiaa, ei heitä ole sopivaa häiritä, tai jotain sinne päin?"

Nik oli oikeassa. Vaikka hän ei ollutkaan talon varsinainen isäntä, saattoi hänen isän poissaollessa ajatella olevan sisaruksista miespuolisena ja vanhempana vastuussa talosta. Niinpä Nea ei udellut enempää.

"Sitten toivotan teille hyvää päivänjatkoa."

Harol hymyili Nealle hänen palatessaan takaisin yläkertaan. Vaikka Nik oli ollut tottelematon kutsuessaan vieraan ilman vanhempiensa lupaa, joka vieläpä kuului alhaiseen köyhäistöön, ei Nea jostain syystä osannut juuri nyt olla kovin vihainen.

36

Illemmalla Nea päätti lähteä kävelylle. Hän pohti pitäisikö hänen käydä ilmoittamassa Nikille että hän on hetken poissa, mutta toisaalta Nik oli sanonut ettei heitä saanut häiritä. Niinpä Nea suuntasi ulos, ja käveli kaupungin laidalla sijaitsevan läheisen lammen rannalle. Jostain syystä häntä vaivasi tunne, että hänen olisi silti pitänyt ilmoittaa Nikille lähtevänsä ulos.

Nea istuutui rantakivikkoon ja kastoi varpaansa viileään veteen. Pikkukalat tulivat uiskentelemaan niiden ympärille. Nea huomasi kuvittelevansa Harolin hymyileviä kasvoja veden pintaan.

Vähän ennen auringonlaskua Nea palasi takaisin kotiin. Hän näki jo kaukaa, että juuri silloin Harol oli lähtemässä; poika käveli alas heidän portaitaan Nikin sulkiessa oven, ja tuli kadulle juuri Nean saapuessa paikalle. Molemmat pysähtyivät.

"Nea, hauska nähdä, Nik ihmettelikin mihin olit lähtenyt", Harol sanoi hymyillen, mutta muisti sitten ilmeisesti etiketin, ja kumarsi hivenen kömpelösti, lisäten: "Hyvää iltaa."

"Hyvää iltaa, Harol", Nea sanoi, hymyillen hänkin, ja niiasi asianmukaisesti, välittämättä siitä että näin sivistyneitä eleitä ei ollut tarpeen tuhlata köyhäistöön.

"Missä sinä kävit?" Harol kysyi.

"Ai, kävelyllä vain, tuolla noin, lammen rannalla."

"Aa, minä tiedänkin sen lammen. Hieno paikka." Harol virnisti leveästi. "Nea, kuule. Hullu idea. Tiedän että sinä kuulut hienostoon ja minä köyhäistöön, mutta haluaisitko silti lähteä kanssani sinne lammen rannalle ihailemaan auringonlaskua? Sinä olet liian kaunis tyttö jotta voisin jättää käyttämättä tilaisuuden pyytää sinua."

37

Nean sydän hakkasi äkkiä hulluna, ja hän tunsi punastuvansa. Kukaan poika ei ollut koskaan pyytänyt häntä minnekään. Nea oli aina unelmoinut naivansa jonkun rikkaan ja ylhäisen perheen pojan, eikä olisi ikinä uskonut että voisi ihastua Harolin kaltaiseen köyhäistöpoikaan. Mutta Harolin hymyillessä hänelle hän ei voinut mitenkään kieltäytyä.

"Oih! Minä, tuota... mennään vain, Harol, tulen mielelläni."

Ehdittyään taas lammen rantaan, istuivat he isolle kivelle katselemaan laskevaa aurinkoa. Harol kietoi varovasti kätensä Nean hartioille, ja Nea tunsi sydämensä hypähtävän.

"Tämä on kaunis paikka", Harol sanoi.

"Niin on, Harol. Niin on", Nea huokaisi.

Pitkän aikaa he vain tuijottelivat auringonlaskua, sanomatta mitään. Vasta kun aurinko jo oli painunut mailleen, jatkoi Harol keskustelua: "Minä en olekaan ikinä ennen viettänyt näin paljon aikaa kenenkään ylhäistöön kuuluvan kanssa − ensin veljesi ja nyt sinä. Ihan mukaviahan te olette."

"Mitä te oikein teitte veljeni kanssa?" Nea kysyi, ennen kuin muisti ettei sellaista ollut sopivaa kysyä.

"Tuota... Nik sanoi ettei minun pitäisi puhua siitä."

"Hyvä on, ymmärrän."

Harol katsoi Neaa hyvän tosin suoraan silmiin, ja sanoi sitten: "Tuota, Nea... luuletko... sinä ja minä, luuletko että siitä voisi tulla mitään?"

Nea vastasi Harolin katseeseen, tuijotti suoraan tämän ruskeisiin silmiin, joiden katse tuntui vangitsevan hänen omansa, mutta ei osannut sanoa mitään. Harol painautui lähemmäs häntä, aina vain lähemmäs, kunnes heidän huulensa koskettivat toisiaan... ja he suutelivat. Nea ei ollut ikinä ennen suudellut ketään. Se tuntui ihanalta... mutta sitten Nea muisti, ettei hienon naisen ollut sopivaa suudella ketä tahansa. Mutta missä meni raja? Aviomiestään tai kihlattuaan sai suudella, vasta äskettäin tapaamaansa komistusta ei... mutta entä jos oli rakastunut tähän? Nea ei pystynyt muistamaan miten tässä tilanteessa oli sopivaa toimia.

"Hyvä herra... Harol, mikä onkaan sukunimesi? Minä en ole varma onko meidän sopivaa mennä näin pitkälle."

"Ai... No hitto. Toivottavasti en mokannut tätä täysin. Minun sukunimeni on Munder."

Harol näytti kerrassaan vastustamattomalta, räpytellessään silmiään viattoman huolestuneena. Nean oli pakko sanoa jotain keventävää.

"Voi, ei, et tietenkään, Harol Munder. Mutta ymmärräthän, me olemme vasta tavanneet, emmekä voi vielä mennä täysin sopimattomuuksiin."

"Joo... toki, ymmärrän tietysti. Haluatko sinä tavata uudestaan?"

Nea ei voinut olla kikattamatta.

"Kyllä, Harol. Haluan minä."

Auringon laskettua taivas oli hämärtynyt, mutta kuunsirppi loisteli yhä korkealla, ja sen heijastus kimalteli poukkoillen lammen väreilevällä pinnalla.

39

Nean palatessa kotiin oli jo pimeää. Sisällä kuitenkin paloivat valot. Hänen avatessaan oven juoksivat sekä äiti että isä häntä vastaan.

"Nea, missä sinä olet oikein ollut?" äiti kysyi huolestuneena. "Olimme jo huolissamme, ulkona on ehtinyt tulla pimeää."

"Minä... minä kävin lammen rannalla", Nea sanoi. Vanhemmilleen valehteleminen oli alhaisimpia asioita mitä lapsi saattoi tehdä, mutta tarkalleen ottaen hän puhui totta. Hän toivoi kuitenkin, etteivät he kyselisi sen tarkemmin.

"Nea, lupaa, ettet enää ole näin myöhään poissa ilmoittamatta siitä meille", isä sanoi tiukasti. "Hyvänen aika, et kai sinä ole ottanut mallia Nikistä? En millään kestäisi sitä, jos molemmat lapsemme olisivat yhtä villejä ja tottelemattomia."

Nea laski katseensa kiusaantuneena lattiaan.

"Minä lupaan", hän sanoi. "Olen pahoillani. Minun olisi pitänyt tulla kotiin ennen pimeän tuloa."

Vaikka Nea nukkumaan käydessään häpesi poissaoloaan, ja tunsi itsensä kunniattomaksi ja tottelemattomaksi, oli hän silti iloinen että oli vielä lähtenyt Harolin kanssa lammelle. Kokonaisuutena päivä oli ollut oikein hyvä.

Yöllä Nea näki unta Harolista.

Luku 5: Fyggenheinien kartano

"Odotamme tässä pimeää."

Nik ja Harol seisoivat metsikön kätkössä, tarkkaillen Fyggenheinien kartanoa; valtava, koristeellinen talo loisti vaaleankeltaisena auringon viimeisessä valossa, laajan päärynäpuita ja viinimarjapensaita kasvavan pihamaan ympäröimänä. Viimeisin liike mitä Nik oli nähnyt, oli ollut lordi Fyggenhein ja tämän hovimestari, jotka olivat käyneet pihalla, ja seisseet kartanon edessä hyvän tovin keskustelemassa jostain mitä Nik ei ollut kuullut. Fyggenhein itse oli palannut sisään, tämän palvelijan kiertäessä vielä kertaalleen ympäri pihamaata, pakottaen Nikin ja Harolin piiloutumaan pensaikkoon. Siitä oli kulunut nyt yli puoli tuntia. Aurinko oli laskemassa, ja pian hämärä heittäisi verhonsa loisteliaan kartanon ylle.

Viimeiset viikot Nik oli suunnitellut tarkasti tätä keikkaa. Kouluvuosi läheni loppuaan, ja pitkät tunnit, kun hänen vanhempansa luulivat hänen lukeneen loppukokeisiinsa, oli Nik todellisuudessa hionut suunnitelmaansa. Loppukokeet olivat silti menneet kohtalaisesti – olihan Nik älykäs, vaikkei koulusta juuri välittänytkään. Nyt oli vielä kaksi viikkoa jäljellä kesälomaan ja koulun päätösjuhlaan, missä Nik ja muut hänen luokkalaisensa saisivat loppudiplominsa.

Ja sitten Nikin pitäisi päättää mitä hän haluaisi koulun jälkeen tehdä. Isä yritti kovasti saada Nikiä töihin omaan yritykseensä, jotta voisi kasvattaa Nikistä seuraajansa. Nik itse ei ollut vielä sanonut vanhemmilleen mitään jatkosuunnitelmistaan.

"Kuinka kauan vielä?" Harol kysyi.

"Meidän on odotettava että he ehtivät käydä nukkumaan", Nik vastasi. "Ainakin kaksi tuntia."

"Miksi meidän piti tulla näin aikaisin?"

"Jotta ehdimme nähdä kartanon päivänvalossa. Kaikki näyttäisi olevan kunnossa. Muistathan suunnitelman?"

Harol nyökkäsi.

"Hyvä. Tule. Harjoitellaan vähän, kun vielä näemme."

He vetäytyivät syvemmälle metsään, ja etsivät käsiinsä vahvat oksanpätkät. Niillä he harjoittelivat taistelemista hyvän tovin, kunnes Nikiltä oli isketty ilmat kunnolla pihalle vatsasta, ja Harol oli saanut kivuliaan iskun takaraivoonsa. Molemmat osasivat kyllä tapella. Harol oli harjaantunut jouduttuaan lukuisiin tappeluihin elämänsä aikana. Nik ei ylhäistöön kuuluvana rikkaan perheen poikana ollut juuri joutunut todellisiin tappeluihin, mutta yksi harvoista koulukursseista jonka hän oli kokenut hyödyllisenä, oli miekkailukurssi jolle hän oli ilmoittautunut kaksi vuotta sitten. Ylhäistön harrastama miekkailu oli kylläkin tylsää sääntöjen kyllästyttämää muodollista säilän heiluttelua eikä todellista tappelemista, mutta Nik oli ollut kurssin priimus, ja onnistunut jopa innostamaan muutamia muita kurssin pojista miekkailemaan ihan tosissaan. He olivat harjoitelleet todellista miekkailua kunnes Nik oli viiltänyt vastustajaltaan ranteen auki; tämä oli joutunut sairaalaan ja Nik rehtorin puhutteluun, mistä isä oli ollut saada hepulin.

Hengästyneinä he palasivat tarkkailupaikalleen. Kartanon pihamaa oli jo peittynyt yön hämärään verhoon, mutta ikkunoissa paloi yhä valoja.

Heidän odotellessaan Harol sanoi äkkiä: "Nik. Saanko kysyä yhtä asiaa?" Nik nyökkäsi. "Sinun siskostasi?"

42

Nik katsoi Harolia, ensin yllättyneenä, mutta virnisti sitten leveästi.

"Neasta? Mitä hänestä? Näinkin että teillä tuntui synkkaavan hyvin."

"Kuule, luuletko sinä, että hän voisi oikeasti pitää minusta? Tai siis, hän tuntuu kyllä pitävän, ja minä pidän hänestä, mutta minä kuulun köyhäistöön, ja hän ylhäistöön. Voisiko se mitenkään toimia? Ja... no, tuota... onko se sinulle okei, jos me... tiedäthän..."

"Harol, Harol, Harol." Nik keikautti päätään ja laittoi kätensä Harolin harteille. He istuivat alas maahan. "Etkö ole vielä oppinut minusta sen verran, että tiedät, ettei sinun tarvitse kysyä minun mielipidettäni tuollaisiin asioihin? No, hyvä on, sanotaan se ääneen; Nean isoveljenä annan siunaukseni teidän liitollenne. Oletko tavannut häntä sen jälkeen kun kävit luonamme?"

"Kahdesti."

"Ja sen lisäksi silloin samana iltana, kun lähdit luotamme?"

"Niin. Nea oli juuri tulossa kotiin kun lähdin, ja kävimme vielä yhdessä kävelyllä lammen rannalla."

"Arvasinkin sen. Isä ja äiti eivät koskaan ole olleet niin huolissaan Neasta kuin silloin. Kun hän ei ollut tullut pimeään mennessä kotiin. Kuinka hirveää!" Nik nauroi katsellessaan hämärää taivasta, minne kirkkaammat tähdet olivat jo syttyneet pilvien lomaan. "Mutta Nea ei kertonut heille sinusta. Tiedätkö mitä se tarkoittaa? Se tarkoittaa että Nea todella pitää sinusta, kun hän unohti kunniansa sinun takiasi. Ei kertonut kaikkea vanhemmilleen. Hänelle taitaa tehdä hyvää tapailla jotain sinun kaltaistasi."

43

"Entä vanhempanne? Luuletko että he voisivat joskus hyväksyä minut?"

Nik ei vastannut heti. Eikä aivan rehellisesti.

"Ehkä ajan kanssa. Sinun ei kyllä ihan heti kannata mennä esittäytymään heille, se on selvä."

Todellisuudessa hän tiesi kyllä, ettei sen puoleen isä kuin äitikään tulisi ikinä hyväksymään Harolia, köyhää rikollista, tyttärensä mieheksi. Mutta turha pilata heti Harolin unelmia.

He nousivat taas ylös. Nik huomasi valon sammuvan kartanon yläkerran ikkunasta.

"Kiitos, Nik. Minun oli vaikea sanoa tätä sinulle."

"Uskon sen. Mutta palataanpa nyt meidän tämän yön suunnitelmaamme. Sitten, kun olet tämän keikan jälkeen rikas, on sinulla ehkä paremmat mahdollisuudet Neankin kanssa." Tultuaan ajatelleeksi vielä yhtä asiaa, laittoi Nik taas kätensä Harolin hartialle, ja katsoi tätä silmiin. "Näistä meidän hämärähommistamme sinun ei sitten tietenkään kannata kertoa Nealle."

"Ei tietenkään", Harol sanoi. "Mutta... jos minä tosiaan rikastun tämän keikan jälkeen, Nik, niin en ole varma haluanko jatkaa tätä."

"Harol, Harol... nämä rikkaat, pröystäilevät aateliset ansaitsevat sen, eivätkö sinusta muka ansaitse?"

"Ehkä... mutta silti. Minä haluan vain riittävästi rahaa, että tulen sillä toimeen. Ja jos jatkamme tätä loputtomiin, niin lopulta jäämme kiinni."

44

Nik pohti asiaa hetken. Hän ei ollut kertonut suunnitelmastaan kaikkea Harolille. Eikä nyt ollut vielä oikea aika kertoa.

"Ehkä olet oikeassa. Puhutaan tästä lisää myöhemmin. Mutta nyt, Harol... rikkaudet odottavat meitä. Sinulla on köysi? Hyvä. Tässä sinullekin teroitettu veitsi."

Harol otti vastaan Nikin tarjoaman veitsen.

"Mutta mehän emme käytä näitä, vai mitä?" Harol kysyi epävarmana.

"Uhkailuun vain. Jos joudumme tappelemaan, teemme sen puukalikoillamme. Mutta meidän ei ole tarve satuttaa heitä, jos kaikki menee hyvin. Ja luota minuun, Harol. Kaikki menee hyvin. Olen suunnitellut kaiken."

"Ja montako palvelijaa sinä sanoit että heillä on? Jotka meidän täytyy nukuttaa ja sitoa?"

"Yksi hovimestari, yksi renki ja kaksi piikaa. Ja yksi lapsi – kymmenvuotias poika."

Nik oli kysynyt äidiltään Fyggenheinien palvelijoista, ja tällä oli ollut ihastuttavan tarkat tiedot. Äiti oli vieläpä vaikuttanut ilahtuneelta kun Nik kerrankin osoitti jotain kiinnostusta asemansa edellyttämää yleellisyyttä kohtaan. Nik oli myös joitain vuosia sitten kerran itsekin käynyt perheensä kanssa vierailulla kartanossa, ja hänellä oli kohtuulliset muistikuvat sisätiloista.

"Ja muista – he eivät saa nähdä meitä yhtä aikaa. He eivät edes tajua että meitä oli kaksi. Näin poliisi joutuu heti väärille jäljille."

Molemmilla oli samanlainen naamari, ja he olivat pukeutuneet samanlaisiin mustiin nahkatakkeihin; Nik oli tuonut omasta vaatekaapistaan Harolille toisen omista nahkatakeistaan. Vaikka takit eivät olleet hänen parhaita vaatteitaan, olivat ne kuitenkin liian kalliita jotta Harolin kaltaisen köyhän pojan voisi olettaa pukeutuvan sellaiseen. Nik toivoi että tämä johtaisi poliisit pikemminkin hänen itsensä kuin Harolin perään. Ainakin se laittaisi heidät hämilleen; rikolliset olivat järjestään aina köyhäistöä, eivät ylhäistöä.

"No, mennäänkö sitten", Nik sanoi, asettaen hymynaamanaamion ylleen. Kassistaan hän kaivoi myös heikosti valaisevan hohkakivitikkunsa, ja ojensi toisen samanlaisen Harolille. Harol tuijotti sitä taas suu pyöreänä, vaikka Nik olikin näyttänyt sen hänelle aiemmin; pimeässä valaiseva hohkakivi oli harvinaista ja kallista, vain kaikista rikkaimmilla oli siihen varaa. Mutta Nikin isä kuului näihin rikkaisiin. Nik oli myös viikkoa aiemmin käynyt ostamassa kaksi pulloa unihöyryjä, kallista nestettä, jonka höyryjen hengittäminen löi nopeasti tajuttomaksi, jota lääkärit joskus käyttivät nukuttamaan unihäiriöisiä potilaita. Molemmilla oli taskussaan pullo sekä unihöyryillä kostutettu riepu.

Kartanossa paloi enää yhdessä ikkunassa valo. Nik oli vakuuttunut, että he pystyisivät hoitamaan keikan suunnitellusti. Hän oli viettänyt useamman illan kartanoa tarkkaillen, eikä ollut koskaan nähnyt pihalla liikettä enää paljon pimeän tulon jälkeen, jos talon isäntä ja emäntä olivat kotona, kuten he tänään olivat.

Nik ja Harol hiipivät kartanon pihamaan poikki, pitäen hohkakivitikut vielä piilossa. Ovi oli odotetusti lukossa, mutta Nikillä oli mukanaan sorkkarauta. Lukko oli kuitenkin jykevä. Hän ei jaksanut vääntää sitä auki yksin, mutta yhteisvoimin he onnistuivat; ovi narahti äänekkäästi auetessaan. He livahtivat sisään pimeään eteisaulaan, sulkivat oven perässään, ja piiloutuivat varjoisaan nurkkaan.

Lähistöltä kuului askelia. Hereillä ollut hovimestari asteli öljylamppua kantaen paikalle katsomaan mitä ääntä eteisaulasta

46

oli kuulunut. Hän katsoi epäileväisenä suljettua ovea, ja käveli lähemmäs tutkiakseen sitä tarkemmin. Nik hiipi hänen taakseen.

"Ei enää askeltakaan, kaveri."

Nik asetti veitsensä hovimestarin kurkulle.

"Huuda ja olet kuollut."

Hovimestari tuijotti kauhuissaan Nikin hymyilevää naamaria.

"Mitä tämä on olevinaan?" hovimestari kuiskasi raivostuneena. "Tämä on lordi ja lady Fyggenheinin kartano, he ovat aatelisia. Sinä joudut vielä tästä hirteen, senkin –"

Hän hiljeni Nikin tökätessä häntä veitsellään. Harol hiipi hovimestarin taakse, ja iski unihöyryllä kostutetun rievun tämän kasvoille. Hovimestari henkäisi kovaa, mutta valahti sitten löysäksi ja kaatui tajuttomana maahan.

Nik vilkuili ympärilleen ja kuunteli; kukaan muu ei ollut tainnut kuulla mitään.

"Jos hyvin käy, hän ei tajua sinun olleen takanaan", Nik sanoi. "Sido hänet kiinni, ja piilota johonkin."

Harol teki työtä käskettyä. Pian köysiin sidottu hovimestari makasi syvässä unessa portaiden alla.

"Okei, hajaannutaan", Nik sanoi. "Minä menen yläkertaan ja hoidan lordin ja ladyn itsensä, sekä heidän lapsensa. Luulen, että rengin ja piikojen huoneet ovat kaikki alakerrassa. Ja ole varovainen rengin kanssa, hän on iso ja riski mies. Parempi varmaan jättää hänet viimeiseksi. Jos sattuisit jäämään kiinni, niin huuda niin kovaa että minä kuulen sen. Mutta eihän tässä niin käy, eihän?"

"Ei, ei käy", Harol kuiskasi, nyt jo aika vakuuttuneen kuuloisena.

Nik otti hohkakivitikkunsa esiin ja hiipi sen heikossa valossa kivisiä portaita yläkertaan. Hän löysi suuren makuuhuoneen, jonka muisti kuuluvan lordille ja ladylle itselleen. Hän raotti äänettömästi ovea ja näki heidän nukkuvan siellä vierekkäin.

Hän jätti heidät kuitenkin vielä hetkeksi, ja etsi heidän poikansa huoneen; hän tarvitsi yhden asian jonka lordilta tai ladyltä saattoi saada vain valveilla. Hän antoi vielä hetken aikaa Harolille, tarkistaen samalla että hänen havittelemansa kassakaappi sijaitsi yhä samassa varastohuoneessa kuin viimeksi; sitten hän astui sisään nuoren, tulevan lordi Fyggenheinin huoneeseen.

Nuori ylimys nukkui rauhallisesti kalliiden silkkilakanoiden peittämänä. Huone oli täynnä monenlaisia kalliita leluja, joita hänen rikkaat vanhempansa olivat hänelle hankkineet; Nikillä tai Nealla ei ollut koskaan ollut puoliakaan tästä määrästä tavaraa.

Kuullessaan heikkoa kolinaa alakerrasta, pysähtyi Nik kuuntelemaan. Enempää ei kuulunut, joten Harolilla tuskin oli suurempia vaikeuksia. Sitten hän suuntasi hohkakivitikkunsa loisteen suoraan nuoren Fyggenheinin kasvoihin. Tämä ynähti, kieriskeli hetken ympäriinsä, ja avasi unisesti silmänsä.

"Terve", Nik sanoi hiljaa. "Agael, etkö olekin? Agael Fyggenhein."

Nuoren Fyggenheinin silmät revähtivät apposelleen, kun hän näki edessään möllöttävän hymynaaman.

"Kiva huone sinulla", Nik sanoi.

"Äiti! Isä!"

Pojan huutaessa Nik syöksähti hänen luokseen, ja tyrkkäsi unihöyryriepunsa tämän kasvoille; nuorin Fyggenhein valahti taas jatkamaan uniaan.

Käytävästä kuului ääniä. Pojan vanhemmat olivat heränneet, ja olivat tulossa katsomaan mikä hätä heidän pojallaan oli.

Nik työnsi hohkakivitikun taskuunsa ja asetti veitsen pojan päätä vasten.

Öljylampun hohde valaisi huoneen lady ja lordi Fyggenheinin syöksyessä sisään.

"Agael, mikä hätänä? Mikä sinun on?"

Lady Fyggenhein jähmettyi nähdessään hymynaamaisen miehen pitelevän veistä poikansa ohimolla.

"Ei ääntäkään", Nik sanoi, puhuen niin karhealla äänellä ettei lady Fyggenhein saattanut sitä tunnistaa. "Pysykää molemmat paikallanne, ja pitäkää kätenne näkyvillä."

Lordi Fyggenhein asetti öljylampun kaapin päälle, ja astui edemmäs suojaamaan vaimoaan, pitäen kädet kohotettuna edessään.

"Mitä sinä tahdot?"

"Puhutaan siitä ihan kohta. Poikanne nukkuu unihöyryjen vaikutuksesta monta tuntia. Jos haluatte että hän myös herää niistä, teette kuten minä käsken." Toisella kädellään Nik tarttui riepuunsa, ja heilutti sitä aatelisten edessä. "Ensin hyvä lordi saa vaivuttaa vaimonsa uneen, niin sitten voimme keskustella miesten kesken siitä, mitä minä haluan. Vakuutan, että te kaikki heräätte kyllä aamulla, jos vain toimitte niin kuin minä käsken."

49

Nik heitti rievun lordi Fyggenheinille, joka otti sen kiinni ja katsoi vaimoaan.

"Lordi on hyvä", Nik sanoi, heilutellen veistään Agaelin pään ympärillä.

"Olen pahoillani, Elinora", lordi sanoi asettaessaan unihöyryrievun vaimonsa kasvoille. Nik tunsi kieroa hilpeyttä nähdessään lady Fyggenheinin lyyhistyvän miehensä käsivarsille. *Vieläkö neuvoisit isää ja äitiä lisäämään raipan käyttöä?* Nikin teki mieli kysyä tältä.

"No niin, tein kuten pyysit", lordi Fyggenhein sanoi tylysti. "Kuka olet, ja mitä tahdot? Ja ennen kuin vastaat, niin salli minun sanoa, että sinä tulet vielä päätymään hirteen tästä hyvästä."

"Enpä tiedä mitä mieltä pormestari Fernst siitä olisi", Nik hymähti. "Se ei näyttäisi kaupunkinne maineelle kovin hyvältä, vai mitä luulet? Mutta asiaan. Minä olisin idiootti jos kertoisin kuka olen. Mutta minä kerron mitä minä tahdon. Minä tahdon tietää teidän kassakaappinne lukon numeroyhdistelmän. Sinä kerrot minulle sen, ja sitten nuuhkaiset itse syvään tuota riepua."

Lordi Fyggenhein tuijotti häntä yrmeänä.

"En minä teitä tapa, sitten kun olet tajuton. Jos tappaisin kokonaisen aatelisperheen, niin sitten minä kyllä varmasti päätyisin hirteen, en minä sitä epäile. Mutta jos sinä et kerro minulle mitä haluan tietää, sinun poikasi ei pääse koskaan perimään kunnianarvoisaa titteliäsi."

Nik työnsi veistään sen verran Agaelin ohimoon, että yksi veripisara valui alas veitsen terää.

"Ja jos valehtelet lukon numeroyhdistelmän, minä tapan poikasi kun olette kaikki tajuttomia. Ja pakenen poliisia loppuelämäni."

50

"Hyvä on", lordi murahti. "113-741-282. Laske nyt se veitsi poikani kasvoilta."

"Kiitos", Nik sanoi, laskien veistään, mutta pysyen silti valppaana. "Ja nyt, hyvä lordi –"

Lordi Fyggenhein murahti, ja veti sitten unihöyryjä henkeensä. Hänkin kaatui lattialle vaimonsa viereen.

Nik sitoi ensin lordin kiinni tiukoin siten, sitten ladyn. Hän palasi Agaelin sängyn viereen ja tutkaili nukkuvaa lasta. Lapsiin unihöyry tehosi pitempään, joten poikaa ei ollut välttämätöntä sitoa; vapauttakoon vanhempansa sitten herättyään. Nik oli jo lähdössä, kun hän kiinnitti huomiota johonkin. Agael oli kääntynyt kyljelleen, ja tämän paidan helma oli noussut ylös niin että tämän selkää näkyi sen alta. Nik nosti helmaa ylemmäs. Yllätyksekseen hän näki että Agaelin selässä erottui täsmälleen samanlaisia punertavia jälkiä kuin hänellä itsellään oli ollut. Ne eivät olleet kovin tuoreita, mutta selvästi nuori Fyggenheinkin oli saanut maistaa raippaa. Tämähän oli mielenkiintoista, Nik pohti, vetäessään pojan paidan helman takaisin alas.

Jostain kuului etäistä pauketta. Nik pohti oliko Harolilla tullut ongelmia. Hän voisi saman tien tarkastaa tämän tilanteen, parempi varmistua siitä, ennen kuin alkaisi haalia mukaansa ryöstösaalista.

Nik oli päässyt alakerran eteisaulaan, kun Harol tuli häntä vastaan.

"Miten meni?" Nik kysyi.

"Kaikki ovat tajuttomia ja sidottuja. Mutta, paha juttu – renki ehti herätä ja juoksi pakoon. Sain hänet kyllä kiinni, mutta heillä oli jossain varastossa ilotulitusraketteja. Hän ehti sytyttää yhden sellaisen, ja ampui sen ulos ikkunasta. Se räjähti kirkkaana

51

taivaalla, ennen kuin pääsin hänen kimppuunsa – me tappelimme, ja sain hänet nujerrettua ja annoin unihöyryjä – mutta jos poliisit näkivät sen raketin, ovat he varmaan jo matkalla!"

Nik kirosi hiljaa. Hän ei kuitenkaan heti tehnyt mitään, vaan ajatteli asian ensin rauhassa läpi. Harol huojui hermostuneena jalalta toiselle hänen edessään, odottaen Nikin puhuvan. Poliisilla kestäisi jonkin aikaa että he ehtisivät paikalle. Hänellä oli kassakaapin numeroyhdistelmä. He ehtisivät hyvin tyhjentää sen, ja lähtisivät sitten pakoon.

"Tule", Nik sanoi. "Meillä on sen verran aikaa, että ehdimme tyhjentää kassakaapin."

He kipaisivat takaisin yläkertaan. Kassakaappi oli yhä samalla paikalla kuin aiemmin Fyggenheinien esitellessä kartanoaan Odessioneille, yläkerran kirjahyllyjen täyttämän varastohuoneen perällä. Nik syötti oikean numeroyhdistelmän lukkoon – 113-741-282 – ja se aukesi.

Kassakaapista löytyi kasa kultaharkkoja, sekä upeat, timanttiset korvakorut, kaulakoru, ja sormus. Nik muisti miten lady Fyggenhein oli kertonut saaneensa ne mieheltään heidän mentyään kihloihin; ne olivat hänen tärkein muistonsa heidän rakkaudestaan, tai jotain sinnepäin. Nik kahmi kassakaapin sisällön säkkiin. Hän pudotti kassakaapin viereen myös oleellisen johtolangan; kauniisti koristellun, pienen rintapinssinsä, jonka poliisi voisi uskoa pudonneen häneltä.

"Okei, mennään."

Hän kuitenkin pysähtyi vielä Agaelin huoneen kohdalla. Nöyryyttääkseen aatelisia vielä lisää, kipaisi Nik kahmaisemaan tajuttoman lady Fyggenheinin kaulasta tämän arkikäyttöisen helminauhakaulakorun. Heillä oli mukanaan valtavan rahamäärän edestä kultaharkkoja, mutta vielä tärkeämpää oli viedä tunnearvoa sisältäviä helyjä.

"Tule jo!" Harol hoputti.

He juoksivat alas portaita. Ulos päästyään he näkivät soihtujen loisteen kaupungin suunnalta. Poliisit olivat tosiaan tulossa.

He pinkaisivat juoksuun, metsikön läpi, sieltä pellon reunaa eteenpäin, hohkakivitikkujen kalpeassa valossa, kunnes saapuivat puron luokse.

"Tule, kahlataan puroa eteenpäin", Nik sanoi. "Poliiseilla saattaa olla mukanaan koiria ja hevosia, he liikkuvat meitä nopeammin, ja jos koirat saavat meistä vainun, saattavat he saada meidät kiinni pimeässäkin."

He kahlasivat eteenpäin hyvän matkan, kunnes poikkesivat purosta juostakseen taas metsän läpi. Ennen kuin saapuivat takaisin kaupunkiin, pysähtyivät he tasaamaan hengitystään. Vasta nyt he riisuivat naamarinsa.

"Pääsimme pakoon", Nik puuskutti. "Takaa-ajajia ei ole näkynyt. Eivät he meitä enää kiinni saa. Katsotaanpa vähän saalistamme."

Säkissä oli korujen lisäksi yhteensä kahdeksan kultaharkkoa.

"Minä otan näistä kaksi, sinä saat loput", Nik sanoi. "Korut minä pidän. Niitä ei voi myydä noin vain, koska ne ovat helposti tunnistettavissa. Kultaharkkoja voi kuitenkin muuttaa rahaksi ilman että se herättää liikaa epäilyksiä, ainakin jos vie vain yhden kerrallaan."

"Kuusi kultaharkkoa", Harol ihmetteli, voimatta uskoa silmiään.

53

"Hah, ynnäämisen sinä tosiaan osaat! Minähän sanoin, Harol, että tämä keikka tekee sinusta rikkaan. Niillä perheesi elää monta vuotta."

"Se on paljon enemmän kuin sinun osuutesi."

"Minä en tarvitse rahaa. Mutta Harol – se mitä minä tarvitsen, on apua muutaman viikon päästä. Minkään ei pitäisi voida johtaa poliiseja sinun perääsi. Mutta minä tulen jäämään kiinni."

"Mitä? Nik, mitä ihmettä sinä nyt sekoilet?"

"Älä huoli, Harol, se oli suunnitelmani alusta asti. Poliisilla kestää aikansa päästä jäljilleni – mutta jos he löytävät parhaan johtolankansa, tulevat he saamaan minut kiinni juuri sopivasti kouluni valmistujaisjuhliin mennessä. Ajattele, millainen skandaali siitä saadaan! Ja sitten, Harol – sinun täytyy auttaa minua pakenemaan vankilasta."

"Mutta Nik! Entä jos he hirttävät sinut?"

"Sinut he saattaisivat hirttää, joten varokin jäämästä kiinni. Mutta eivät minua. Se olisi liian suuri skandaali, jos minunlaiseni määrättäisiin hirtettäväksi. He pyrkivät vain lakaisemaan kaiken tapahtuneen maton alle, pitävät minut vankilassa poissa pahanteosta, ja toivovat että kaikki unohtaisivat että mitään ikinä tapahtuikaan. Mutta minua ei kuitenkaan kiinnosta virua hirveän pitkään telkien takana."

"Miten minä sitten autan sinut pakoon?"

"Luulen, että klassinen viila-temppu olisi paikallaan. Luotan että sinä keksit keinon. Olethan sinä fiksu poika, Harol. Ja täällä Sivistanissa rikollisuus on niin alhaista ja vankila niin vähäisellä käytöllä, että tuskin siellä edes on varauduttu estämään tavallista älykkäämpiä vankeja karkaamasta. Mutta nyt luulen että meidän

54

kannattaa palata takaisin kotiin, että ehdit vähän nukkuakin ennen auringonnousua. Ja jotta vanhempasi luulevat sinun nukkuneen kotonasi koko yön. Ja pidä kultaharkkosi piilossa."

Itse Nik ei palannut suoraan kotiin, vaan piilotti ensin ryöstösäkin kultaharkkoineen kivenkoloon läheisessä metsässä, ja laittoi naamionsa mukaan säkkiin, mutta työnsi korut taskuunsa. Sitten hän kierteli kaupungilla loppuyön. Aurinko oli jo ehtinyt nousta ylös taivaalle, kun hän lopulta avasi äänekkäästi ulko-oven. Hän kuuli heti ääniä vanhempiensa makuuhuoneesta, ja pian isä ja äiti ryntäsivätkin aamutakeissaan hänen luokseen.

"Nik! Sinä olit poissa koko yön!" äiti huusi vihaisena. "Olet sinä ennenkin huidellut iltaisin ties missä, mutta nyt tämä menee liian pitkälle! Missä sinä oikein olet ollut?"

"Minä ryöstin sinun ystäväsi lady Fyggenheinin", Nik sanoi iloisesti.

Isä ja äiti jähmettyivät kuin taikaiskusta, tuijottaen Nikiä aivan kuin eivät olisi koskaan ennen nähneet kenenkään aloittavan uutta päivää ilmoittamalla ryöstäneensä aatelisten kartanon.

"Nik, mitä – mitä tämä on?" isä kysyi tuskin liikuttaen huuliaan.

"Jos ette usko, niin odottakaapa vain että kuulette päivän uutiset. Kaupungilla tuskin lähipäivinä tullaan muusta puhumaankaan."

Nik kaivoi iloisesti taskustaan lady Fyggenheinin timanttisormuksen ja näytti sitä äidilleen.

"Onko tuo hänen?" isä kysyi vaimoltaan tuskin hengittäen. Syvässä hiljaisuudessa tämä nyökkäsi.

"Alford, mitä me nyt teemme?" äiti henkäisi.

"Tämä – tämä ei saa paljastua", isä sanoi. "Kunniamme on lopullisesti menetetty, jos joku saa tietää tästä." Hän tarttui Nikiä kovakouraisesti kädestä. "Lukitsemme pojan sisään, emme päästä enää silmistämme, emmekä puhu tästä kenellekään. Kukaan ei saa koskaan tietää."

"Lukitsette minut sisään?" Nik nauroi kovaan ääneen. "Mitä sukumme kunnia siihen sanoo?"

"Hiljaa, poika!" isä huusi. "Sinä olet jo tehnyt asioista tarpeeksi pahoja. Muutama raipanisku tekee sinulle hyvää, vaikka en kyllä enää yhtään tiedä auttaako se mitään. Lady Fyggenhein oli oikeassa. Sinä olet toivoton tapaus, mätä omena, jonka jumala on jostain käsittämättömästä syystä lähettänyt meidän perheeseemme!"

Hän raahasi Nikin mukanaan kellariin, jätti istumaan pimeään, ja lukitsi oven perässään. Käydessään istumaan kovaa seinää vasten, ei Nik voinut olla nauramatta. Isä ja äiti olivat reagoineet juuri kuten hän oli odottanutkin. Mitäpä totuus tai ystävyys ladyn kanssa merkitsivät sen rinnalla, että suvun maine ja kunnia olivat uhattuina? Nämäkö olivat Sivistanin ylhäistön todelliset kasvot? Nik alkoi olla melkoisen vakuuttunut siitä, että samassa tilanteessa kuka tahansa vanhempi olisi heidän tavoin päättänyt tarttua siihen toivoon, että tällaiset häpeälliset teot voisi salata, eikä ulkomaailma koskaan saisi tietää totuutta kunniallisen suvun häpeällisen vesan todellisesta lankeamuksesta.

Harmi vain, että Nikin tekemä rikos oli ollut kaukana täydellisestä.

Luku 6: Hymyilevä mysteeri

Seuraavina päivinä tieto siitä, että Fyggenheinien kartano oli ryöstetty, levisi Sivistanissa kuin kulovalkea. Kukaan ei ollut osannut pelätä että joku uskaltaisi ryöstää aatelisia, ja vielä uhkailla heidän henkeään. Ylhäistön keskuudessa näillä mullistavilla uutisilla ei kuitenkaan ollut aivan sellaista vaikutusta kuin Nik oli toivonut. Nea kertoi hänelle, että hienoston keskuudessa oli kovinkin suosittua pohtia tapausta, ja spekuloida sillä, kuka todellisuudessa oli syyllinen, tuo mystinen hymynaaman taakse piiloutunut rikollinen. Yleisimmät teoriat olivat että jossain toisessa kaupungissa oltiin kateellisia Sivistanin hyvälle maineelle, ja oltiin palkattu joku ammattirikollinen tuota mainetta tuhoamaan, tai sitten joku köyhäistöstä oli seonnut totaalisesti ja ryöstänyt ensin unihöyryjä ja hienoja vaatteita, ja sitten päättänyt tuhota koko Sivistanin, aatelisista aloittaen. Mutta ainakin kaikki tuntuivat olevan siinä uskossa että varkaita oli vain yksi, joka oli omin käsin päihittänyt koko Fyggenheinien kartanon palvelusväen.

Isä antoi Nikille myös raippaa päivittäin.

"Minä en tiedä mikä sinun kanssasi meni vikaan", isä ärisi, "mutta jos tämä ei tao järkeä päähäsi, niin sitten ei mikään."

Hammasta purren Nik otti raipaniskut vastaan; hänen oli vaikea nukkua öisin aran selän takia. Häntä ei edelleenkään päästetty pois kellarista, minne hänelle oli tuotu patja, ja kaksi kertaa päivässä Nea toi hänelle ruokaa.

Mutta eräänä päivänä, Nikin laskujen mukaan viidentenä ryöstön jälkeen, isä tuli puhumaan hänen kanssaan.

"Nik, minulla on sinulle tärkeää asiaa, joten kuuntele tarkkaan. Me päästämme sinut takaisin omaan huoneeseesi; olemme asentaneet siihen lukon, jolla voimme estää sinua poistumasta sieltä. Sinä palaat nyt sinne, etkä poistu sieltä ilman meidän lupaamme. Ymmärrätkö?" Nik nyökkäsi. Viesti oli ollut erittäin selvä ja yksinkertainen, joten sen ymmärtämiseen ei juuri älykkyyttä vaadittu. "Ja sitten: poliisipäällikkö Hammon kävi täällä tänään. Hän halusi jutella sinun kanssasi. Me sanoimme että sinä olit jossain ulkona, joten hän tulee huomenna uudestaan. Hän ei epäile sinua, mutta tahtoo kai kuitenkin varmistua syyttömyydestäsi, koska olet niin usein ennenkin jäänyt kiinni taskuvarkauksista. Ja kuuntele tarkkaan, poika; *mikään ei saa viitata siihen, että sinä olisit syyllinen!* Hammonilla ei ole mitään todisteita sinua vastaan, ja sinä käyttäydyt täsmälleen niin kuin olisit yhtä viaton kuin siskosi, onko selvä? Jos poliisipäällikkö saa syyn epäillä sinua, sinä joudut takaisin tänne kellariin, et saa ruokaa ainakaan viikkoon, raipaniskuja tulee sata päivässä, ja minä teen sinut perinnöttömäksi, ymmärrätkö? Kukaan ei saa ikinä tietää sinun toilailuistasi!"

Isä näytti suorastaan hullulta huutaessaan Nikille sylki roiskuen päin naamaa.

"Hyvä on, minä ymmärrän. Jos Hammon syyttää minua jostain, kiistän kaiken."

Vielä Nik ei halunnutkaan jäädä kiinni. Ja hänellä oli syynsä uskoa, että aikanaan poliisipäällikkö ottaisi hänet kiinni ilman apuakin.

Niinpä Nik lukittiin nyt hänen omaan huoneeseensa. Siellä oli paljon mukavammat oltavat kuin kellarissa. Lisäksi isä oli unohtanut sen päiväiset raipaniskut.

Nik tutkaili lukkoa joka hänen oveensa oli asennettu. Alkeellinen verrattuna Fyggenheinien jykevään lukkoon. Luultavasti

tiirikoitavissa. Sorkkaraudalla Nik murtaisi hetkessä ovensa auki
– hän oli kuitenkin jättänyt sorkkarautansa samaan puunkoloon
kultaharkkojensa ja naamionsa kanssa. Sille asialle olisi vielä
tehtävä jotain.

Sitten Nik tajusi, että vaikka hänen ovensa olikin lukittu, eivät isä
ja äiti olleet tehneet mitään ikkunalle. Kuvittelivatko he, että
toisesta kerroksesta ei pääsisi ulos ikkunan kautta? Nik oli aina
ollut taitava kiipeilemään, vaikka äidin aina kiellettyä kaikki
moinen kunniaton ja mahdollisesti vaarallinenkin touhu, oli Nik
lapsenakin kiipeillyt lähinnä vanhempiensa silmien välttäessä.

Nean tuodessa ruokaa sinä iltana, pyysi Nik häntä jäämään
vähäksi aikaa juttelemaan kanssaan.

"Minun käy sinua sääliksi, Nik. Miksi ihmeessä sinä menit
tekemään sen?"

"Voi Nea, minä luulen, ettet sinä voi ikinä ymmärtää sitä", Nik
sanoi ilottomasti. "Mutta saanko kysyä yhtä asiaa? Oletko vielä
tapaillut Harolia?"

Nea lehahti tulipunaiseksi.

"Minä tiedän että sinä pidät hänestä", Nik sanoi. "Älä huoli, en
tietenkään kerro kenellekään. Mutta Harol on myös minun
ystäväni."

"Minä... aivan. Tietenkin."

"Aiotko vielä tavata häntä? Nyt lähiaikoina, tarkoitan."

"No... kyllä. Maanantaina, ennen kuin tulen kotiin koulusta.
Mutta älä kerro kenellekään."

"En, lupaan sen. Salaisuutesi on turvassa." Nik katsoi siskoaan ja hymyili. "Onko sinulla koskaan ennen edes ollut salaisuuksia?"

Nea oli hiljaa, pohdiskeleva ilme kasvoillaan, ennen kuin sanoi: "Ei, en usko. Aika jännittävää, oikeastaan."

"Ehkä et olekaan ihan toivoton tapaus. Haluatko isoveljeltäsi pienen neuvon? Jos sinä oikeasti haluat olla Harolin kanssa, niin pidä puolesi. Muuten sinä tulet menettämään hänet. Jos jotkut säännöt kieltävät sen, niin vähät niistä!"

Nea katsoi epävarmana Nikiä, ja nyökkäsi hivenen surullisena.

"Kuule, Nea. Kuten sanoin, on Harol myös minun ystäväni. Onko hän kysynyt mitä minulle kuuluu? Oletko kertonut hänelle mitään?"

"En tietenkään ole kertonut. Isä ja äitihän kielsivät kertomasta kenellekään. Kyllä hän vähän sinusta kysyi, mutta minä sanoin että olet vain ollut kotona."

"Ymmärrän. Kun tapaatte maanantaina, voisitko antaa hänelle tämän kirjeen minulta? Älä huoli, en tietenkään kerro hänelle salaisuuttamme, mutta haluan hänen tietävän että minulla on kaikki hyvin."

"Hyvä on", Nea sanoi varovasti. "Hän ei kyllä lue hirveän hyvin. Yllätyin kun hän kertoi miten vähän heille opetetaan asioita normaalikoulussa."

"Riittävän hyvin kuitenkin", Nik sanoi, ojentaen kirjekuoreen suljetun kirjeensä siskolleen. "Ja tuo on sitten yksityistä."

Nea ei ikinä olisi urkkinut hänelle kuulumattomia kirjeitä, mutta parempi kuitenkin varmistaa asia.

"Minä vien tämän hänelle. Mutta Nik... ethän sinä aio tehdä enempää typeryyksiä?"

"Älä huoli, ei minulla ole sellaisia suunnitelmia", Nik sanoi hilpeänä. Jos kaikki menisi suunnitellusti, toteutuisi seuraava skandaali ilman hänen apuaan.

Seuraavana päivänä poliisipäällikkö Hammon koputti aamupäivällä oveen, ja isä haki Nikin alakertaan, missä he istuutuivat salonkiin.

"Mistä on kyse, herra poliisipäällikkö?" Nik kysyi.

"Herra Odession, saisinko keskustella Nikin kanssa kahden kesken?" poliisipäällikkö pyysi. Isä näytti empivän, mutta poistui sitten paikalta.

"No niin, Nik. Mitä sinulle kuuluu? Koulusihan on tainnut päättyä, eikö vain? Kokeet ohi, ja vain päätösjuhlat jäljellä?"

"Kyllä vain, herra poliisipäällikkö. Odotan juhlia suurella innolla."

"Isäsi varmaan kertoikin, että kävin täällä eilen. Missä sinä silloin olit?"

"Kävelyllä. Teen mielelläni pitkiä kävelylenkkejä yksikseni, kaupunkia ympäröiville pelloille, tai sitten joen rantaa pitkin."

"Entä mitä sinä teit viime lauantain ja sunnuntain välisenä yönä?"

"Odottakaas. Ihan normaalisti minä olin täällä kotona nukkumassa."

"Ymmärrätkö miksi minä kyselen sinulta tätä, Nik?"

Nik nyökkäsi.

"Lauantain ja sunnuntain välisenä yönä tapahtui se murto Fyggenheinien kartanoon. Ette kai te sentään epäile minua siitä, poliisipäällikkö Hammon?"

"Sinä olet jäänyt useamman kerran kiinni varkauksista, Nik. Tässä kaupungissa ei ole paljon rikollisia, ja minun on käytävä läpi kaikki mahdolliset epäillyt."

"Ymmärrän. Hyvä että teette työnne, herra poliisipäällikkö. Mutta vakuutan, että minä olen syytön. Olen ottanut opikseni. Isä läksytti minua tiukasti edellisen tapaamisemme jälkeen, ja nyt minä yritän olla mallikansalainen, kuten hän sinulle lupasi. Ei se aina niin helppoa ole, mutta minä yritän parhaani. Olen aiheuttanut jo tarpeeksi vahinkoa sukuni kunnialle."

"Hienoa kuulla sinun sanovan noin, Nik. Minun on kuitenkin pyydettävä, että pääsen näkemään sinun huoneesi."

Nik piti silmänräpäyksen ajan katseensa jaloissaan, mutta nousi sitten ylös ja sanoi: "Hyvä on. Tätä tietä."

He kävelivät portaat ylös yläkertaan, ja Nik vei poliisipäällikön omaan huoneeseensa. Tämä kiinnitti heti huomiota oveen asennettuun lukkoon.

"Isä asensi tuon oveeni, kun olin viimeksi jäänyt kiinni taskuvarkaudesta. Jotta voisi pitää minua tarkemmin silmällä. Ja nyt myönnän, että se kyllä tuli tarpeeseen. Aluksi minun kyllä joskus tekikin mieli paeta, mutta nyt olen ollut kiltti poika."

Hammon nyökytteli hyväksyvästi. Hän tutkaili huonetta, ja tarkisti Nikin kaapit ja lipastot. Onneksi täällä ei ollut mitään todistusaineistoa. Fyggenheinien korut äiti oli kätkenyt kaikki omaan korukaappiinsa, minne ne sulautuivat hyvin hänen omien

62

korujensa sekaan, eikä poliisipäällikkö ikimaailmassa tohtisi tutkia hienostonaisen korukaappia ilman todellista epäilyä rikoksesta.

"Hyvä on, Nik, minä uskon sinua", poliisipäällikkö sanoi lopulta, käytyään Nikin huoneen läpi. "Saanko kysyä; kuka sinä luulet että on syyllinen?"

Nik katsoi poliisipäällikköä pudistellen päätään.

"En kyllä osaa yhtään arvata, herra poliisipäällikkö. Mutta uskon, että te kyllä saatte hänet ennen pitkää kiinni."

"Kiitos luottamuksestasi, Nik. Tämä on kyllä ikävin tapaus mitä minä olen koko urani aikana kohdannut. Hyvää päivänjatkoa."

Poliisipäällikön lähdettyä isä tuli tivaamaan Nikiltä mitä tämä oli saanut selville. Nik vakuutteli, ettei tämä osannut epäillä mitään.

"Hyvä", isä tokaisi. "Mutta älä luule että minä luottaisin sinuun, poika. Sinä olet osoittanut kerta toisensa jälkeen, ettei sinuun kerta kaikkiaan voi luottaa. Sinä pysyt yhä lukkojen takana."

Koulun päätösjuhla lähestyi. Kaksi yötä tätä ennen Nik kuitenkin hyödynsi vanhempiensa tietämättömyyttä, ja livahti ikkunastaan ulos. Hän sitoi lakanoistaan liinan, jonka hän kiinnitti tukevaan ikkunan kahvaan, ja liinaa pitkin hän laskeutui alas. Liina sai jäädä paikalleen; oli epätodennäköistä että kukaan kiinnittäisi siihen kummempaa huomiota keskellä yötä, sillä Nikin huone oli talon takapuolella, joten ikkuna avautui hiljaisemmalle sivukujalle eikä Ylistön asuinalueen päätielle. Sitä paitsi Nik ei suunnitellut olevansa poissa erityisen kauan.

63

Puolen yön aikaan hän tapasi Harolin läheisen metsikön laidalla. Harol oli lähettänyt Nean välityksellä Nikille vastauskirjeen, missä luki yksinkertaisesti: "Ok".

"Harol, hyvä että olet kunnossa. Eihän kukaan ole tullut sinua kovistelemaan?"

"Ei, suunnitelmasi tuntuu toimivan. Kaikki luulevat että murtovarkaita oli vain yksi."

"Hyvä. Tule mukaani."

Nik johdatti Harolin kätköpaikalleen, missä oli piilossa kaksi kultaharkkoa, sorkkaraudan, kaksi pullollista unihöyryjä, sekä hymyilevän naamion sisältävä säkki.

"Minä tarvitsen taas näitä. Mutta annan tämän sinulle", Nik ojensi toista kultaharkoistaan, "tällä kertaa en omaksi – vain tallessa pidettäväksi."

Harol otti kultaharkon vastaan. Hän näytti taas ihmettelevän Nikin päätöksiä, mutta ei tällä kertaa sanonut mitään ääneen.

"Aiemmat kultaharkkosi ovat sinun omaisuuttasi, tee niillä mitä tahdot. Mutta tuon sinä olet minulle velkaa. Sinä pidät sitä piilossa minua varten, ja jos minä joskus tulen luoksesi ja tarvitsen rahaa, sinä annat sen takaisin minulle. Sovittu?"

"Sovittu", Harol sanoi. "Entä tuo toinen harkko ja nämä muut tavarat?"

"Sinä saat myös toisen pullon unihöyryistä, mutta loput minä vien omaan huoneeseeni. Poliisi tulee pian pääsemään jäljilleni, ja jos he sitten löytävät nämä minun huoneestani, ei isäkään voi enää kiistää minun syyllisyyttäni."

"Ja sinä joudut vankilaan."

Nik nyökkäsi.

"Oletko jo keksinyt, miten autat minua pakenemaan sieltä?"

"Olen", Harol innostui. "Viila voisi toimia, mutta minä keksin jotain parempaa. Tästä sinä tykkäät, Nik."

"Olen pelkkänä korvana."

"Minä olen nyt myynyt yhden kultaharkoistani; siitä sai rahaa pitkäksi aikaa. Äiti ihmetteli kovasti mistä minä olen saanut rahaa, vaikka näytin vain pienen osan kullasta saamistani kolikoista. Sanoin että olen toiminut koulun jälkeen avustajana eräälle eliittipojalle; sehän on melkein tottakin. Mutta, kun minulla nyt kerrankin on rahaa, kävin vähän tutkailemassa mitä kaikkea sillä voi Sivistanista saada. Ja yksi asia mitä minä koulussa todella opin, minkä parissa joskus ajattelin että saattaisin haluta tehdä töitä koulun jälkeenkin, jos vain pääsisin, oli miten esimerkiksi teitä rakennetaan ja kunnostetaan. Siihen käytetään räjähteitä, joilla saadaan tasoitettua maata ja murskattua kiveä soraksi, jolla teitä päällystetään. Räjähteitä, Nik! Löysin myös kaupan, missä myydään ruutia ja räjähdepötköjä ja ilotulitteita – luulen että sieltä Fyggenheinitkin hankkivat ne rakettinsa. Ja minulla oli varaa ostaa sieltä semmoinen räjähdepötkö, jolla saan vankilan seinän räjäytettyä. Sanoin kauppiaalle, että Sivistanin ja Kardeniolan välillä asuvat ylhäistöihmiset haluavat rakentaa uutta tietä mailleen, ja hän neuvoi minua ystävällisesti miten pötkö sytytetään. Joten sitten kun olet joutunut vankilaan, sido liina merkiksi siihen ikkunaan, jonka haluat että räjäytän auki."

"Kuulostaa hyvältä", Nik sanoi innokkaana. "Tilaan yhden kappaleen kunnon räjähdyksiä! Tiesinhän, että sinuun voi luottaa, Harol!"

65

Luku 7: Valmistujaisjuhla

Nea ei ollut koskaan ymmärtänyt veljeään, mutta vietettyään aikaa Harolin kanssa, oli hän ensimmäistä kertaa elämässään alkanut ehkä vähän tajuta, miksi Nik oli jatkuvasti rikkomassa joka ikistä sääntöä. Tavallaan Nea kadehti Nikin vapautta. Jos Nik olisi rakastunut alhaiseen köyhäistötyttöön, ei hän olisi kysynyt vanhempiensa tai kenenkään muun mielipidettä asiaan. Ja Neakin tunsi sellaista jännitystä, mitä ei ollut koskaan ennen tuntenut, aina tavatessaan Harolin. Harol oli mukava, ja tuntui olevan aidosti kiinnostunut Neasta itsestään, eikä vain rikkaasta tytöstä, jonka suvulla oli hyvä maine – jotain, mitä Nea alkoi ymmärtää, että hänen aiempien haaveidensa ylhäiset toimitusjohtajat eivät välttämättä olisi olleet. Valitettavasti vain heidän tapaamisensa jäivät hyvin harvoiksi, ja jokainen täytyi suunnitella tarkasti etukäteen.

Nik oli neuvonut Neaa, että hänen täytyisi oppia pitämään puoliaan. Nea päätti, että hänen olisi kerrottava vanhemmilleen Harolista, ja jos he eivät häntä hyväksyisi, niin Nea ei antaisi sen haitata. Mutta milloin? Nyt ei ainakaan ollut hyvä aika siihen, kun isä ja äiti, ja Nea itsekin, olivat jatkuvasti huolissaan Nikin paljastumisesta. Mutta Nik kantaisi salaisuuttaan koko loppuelämänsä. Ehkä tilanne ajan myötä vähän rauhottuisi, kaipa Sivistaniin kesän myötä tulisi muitakin puheenaiheita kuin Fyggenheinien kartanon murto?

Vaikka Nik oli sanonut ettei enää suunnitellut uusia typeryyksiä, oli Nea alkanut oppia, ettei hänen veljensä aina puhunut totta. Vanhemmilleen valehteleminen, yksi Belfanin kirjoittamattomien sääntöjen mukaan halveksittavimmista teoista, ei ainakaan tuntunut tuottavan Nikille minkäänlaisia omantunnontuskia. Joskin Nea oli viime aikoina pohtinut paljon, mitä hän itse tekisi jos äiti tai isä kysyisivät jotain siitä mitä hän teki tiettyinä päivinä koulun jälkeen. Vielä hän ei ollut kirjaimellisesti joutunut valehtelemaan vanhemmilleen, mutta häntä hirvitti kuitenkin, mitä hänen kunnialleen tapahtuisi jos hän joutuisi sen tekemään. Hylkäisikö jumala hänet kokonaan jos hän vajoaisi niin alas?

Toisaalta Nik oli rikkonut toistuvasti kaikkia sääntöjä, eikä hänen elämänsä yleensä vaikuttanut lainkaan kurjalta, vaikka jumalan ei minkään järjen mukaan olisi pitänyt suosia Nikiä sen enempää kuin alhaisintakaan kerjäläistä.

Mutta kaikesta huolimatta, huomenna olisi suuri päivä, Nik valmistuisi korkeammasta yläkoulusta. Hän oli ollut yllättävänkin yhteistyöhaluinen äidin sovittaessa hankkimaansa uutta juhlapukua hänen päälleen; yleensä Nik ei ollut juuri välittänyt moisista pröystäilevistä hienostovaatteista.

Isä oli yrittänyt keksiä hyvää syytä olla päästämättä Nikiä valmistujaisiin, mutta lopulta kaikki olivat sitä mieltä, että omien valmistujaistensa väliin jättäminen olisi niin kunniatonta, että se jättäisi liian suuren loven heidän perheensä maineeseen; silloin Nikistä ainakin juoruttaisiin pitkään, eivätkä he halunneet missään nimessä kiinnittää ihmisten huomiota Nikiin yhtään sen enempää kuin oli tarpeen.

Seuraavana aamuna sekä isä että äiti lähtivät aikaisin saattamaan Nikiä koululle. He olivat päättäneet pitää poikaa silmällä, eivätkä missään nimessä päästäneet Nikiä kulkemaan matkaa yksin. Nea jäi hoitamaan tiskit aamiaisen jäljiltä, ja luuttusi vielä alakerran lattiat, kuten isä oli käskenyt. Sitten hän pukeutui omaan, tavattoman kauniiseen juhlamekkoonsa, ja valmistautui lähtemään koululle; Nikin ja muiden valmistuvien täytyi olla paikalla kaksi tuntia etuajassa, mutta Nean oli vain tultava paikalle juhlallisuuksien alkuun mennessä.

67

Juuri ennen kuin Nea oli lähtemässä, oveen kolkutettiin. Nea meni avaamaan, ja jähmettyi kauhusta paikalleen, kun poliisipäällikkö Hammon sanoi: "Sinä olet varmaankin Nea. Minä olen poliisipäällikkö Hammon. Hyvää huomenta. Onko Nik kotona?"

"Ei", Nea kuiskasi, tuijottaen yläviistoon pitkän poliisipäällikön kivenkovia kasvoja. "Hän lähti jo koululle; siellä on tänään valmistujaisjuhlat, hänen täytyi olla paikalla hyvissä ajoin. Isä ja äiti menivät hänen kanssaan."

"Sinäkin näytät siltä että olit juuri lähdössä mukaan."

"Niin olin, herra poliisipäällikkö."

"Sitä ennen minun on kuitenkin pyydettävä, että päästät minut sisään."

Nea ei uskaltanut kuin totella.

"Mistä on kyse, herra poliisipäällikkö?"

"Minun on syytä epäillä, että veljesi on valehdellut minulle. Lain nimessä, minun on päästävä tutkimaan hänen huonettaan; tiedän, että kävin siellä kerran aikaisemminkin, mutta nyt minulla on syytä tutkia se läpi entistä tarkemmin."

Nea ei uskaltanut sanoa mitään, näytti vain Hammonille tietä Nikin huoneeseen.

"Pahoittelen häiriötä. Toivottavasti pääset lähtemään ajoissa juhlallisuuksia varten."

"Epäiletkö sinä että Nik... Nik on tehnyt jotain pahaa, herra poliisipäällikkö?"

"Epäilenpä hyvinkin. Minä uskon, että Nik murtautui lordi ja lady Fyggenheinin kartanoon kaksi viikkoa sitten, ja uhkasi samalla heidän poikansa henkeä."

"Ei, ei Nik olisi voinut..."

"Eikö, Nea? Miten sitten selität nämä?"

Poliisipäällikkö Hammon näytti Nealle säkkiä, jonka oli löytänyt kätköstä Nikin vaatekaapin takaa. Säkissä oli yksi kultaharkko, sorkkarauta, pullollinen jotain kemikaalia, keltainen naamio, johon oli maalattu hymyilevät kasvot, sekä lady Fyggenheiniltä varastetut korut, jotka Nik oli ilmeisesti ottanut takaisin äidin koruvarastosta. Nea ei voinut kuin tuijottaa säkin sisältöä. Heidän perheensä maine oli lopullisesti menetetty... kaikki haaveet aateloitumisesta joskus tulevaisuudessa tuntuivat katoavan savuna ilmaan.

"Olen pahoillani, Nea. Tämä ei ole sinun syytäsi, ei missään nimessä. Sinä olet aina ollut kiltti lapsi, niin olen ymmärtänyt. Mutta veljestäsi on tullut alhainen rikollinen – miksi, sen vain jumala tietää."

"Miten hänen käy?" Nea kuiskasi.

"Minä annan hänen saada diplominsa. Mutta sitten minun on otettava hänet kiinni. Minä uskon, että hän välttää hirttopuun. Pormestari ei missään nimessä toivo, että kaupunkimme maine kärsisi lisää hirttämällä näinkin ylhäisen perheen pojan, mutta vankilaan hän kyllä joutuu. Pitkäksi aikaa." Hammon asetti kätensä Nean olkapäälle. "Olen pahoillani. Eiköhän lähdetä, minä saatan sinut koululle."

Poliisipäällikön seurassa Nea käveli Ylistöstä korkeammalle yläkoululle. Koko matkan aikana hän ei uskaltanut sanoa sanaakaan. Hän vapisi, ja pelkäsi koko ajan että Hammon

69

tajuaisi, että hän oli tiennyt Nikin syyllisyydestä alusta asti. Korttelia ennen koulua heidän seuraansa liittyi muitakin poliiseja.

Koulun pihalla Nea näki muutamia normaalikoululaisia, jotka ilmeisesti olivat tulleet hekin katsomaan ainakin ulkoa käsin miten heitä parempana pidetyt oppilaat saivat hienot diplominsa. Heidän joukossaan Nea tunnisti Harolin, mutta hän ei uskaltanut sanoa mitään.

"Sinulla on vielä yksi vuosi jäljellä, vai?" Hammon kysyi. Nea nyökkäsi. "Ensi vuonna siis sinäkin saat diplomisi. No, menehän nyt."

Nea juoksi pihan poikki koululle. Hänen oli löydettävä isä ja äiti – ei, ennen kaikkea hänen oli löydettävä Nik.

Hän ehti juuri ajoissa suureen juhlasaliin. Monet katsoivat häntä hivenen paheksuvasti, kun hän liittyi luokkatovereidensa seuraan näin viime tingassa. Jos Nealla olisi ollut aikaa ajatella asiaa, olisi hän hoksannut, ettei häntä ikinä ennen oltu paheksuttu mistään, hän oli aina noudattanut pilkuntarkasti jokaista etikettiä – mutta nyt hän ei pystynyt ajattelemaan mitään muuta kuin Nikiä ja ulkona odottavaa poliisipartiota.

Nea ei tiennyt miten hän pystyi seisomaan paikoillaan katsoessaan miten yläluokkalaiset yksi kerrallaan kävelivät salin päädyn korokkeelle saamaan diplominsa. Rehtori Skerrand mainitsi jopa erikseen kaikkien kuullen Nikin hyvästä suorituksesta matematiikan kokeessa, ojentaessaan hänelle diplomin. Nik kätteli rehtoria hymyillen leveästi.

Kun kaikki olivat saaneet diplominsa, ja siirtyivät perheidensä onniteltaviksi, änkesi Nea väkijoukon läpi Nikin luokse.

"Nik! Nik!" Nea huusi. Päästyään veljensä luo Nea jatkoi kuiskaten: "Nik, poliisit ovat täällä. He ottavat sinut kiinni kun menet ulos."

70

"Ai, hyvä. Pelkäsin jo etteivät he tulisikaan."

Nea tuijotti Nikiä yhä vain kauhistuneempana.

"Sisko hyvä, hymyä huuleen. Sinulla alkaa sentään kesäloma. Ja katso, minä sain tällaisen hienon diplomin."

"Sinä tiesit", Nea henkäisi, yrittäen puhua niin hiljaa ettei kukaan muu kuullut. Kukaan ei kuitenkaan kiinnittänyt heihin erityistä huomiota; kaikki olivat kiireisiä onnitellessaan omia läheisiään.

"Totta kai. Tuliko Hammon aamulla tutkimaan minun huonettani uudestaan? Sieltä taisi löytyä aika painavaa todistusaineistoa." Nea nyökkäsi vapisten. "Mutta minä en valehdellut sinulle, Nea. En enää tehnyt itse mitään muuta kuin piilotin tavaroitani omaan huoneeseeni. Sen ei luulisi olevan kiellettyä. Poliisipäällikkö selvästi ratkaisi mysteerin aivan itse. Tai no, minä autoin kyllä häntä vähän, mutta siitä on jo pitkä aika. Tule, mennään ulos, ennen kuin äiti ja isä ehtivät viedä meitä mihinkään. He eivät halua olla mukana kaikkien nähtävinä, kun minut otetaan kiinni. Eikä sinunkaan tarvitse. Mutta ensin haluat selvästi kuulla miten Hammon tiesi minun olevan syyllinen."

He liikkuivat väkijoukon mukana kohti ulko-ovia. Muutkin halusivat nauttia kauniista ulkoilmasta.

"Muutama viikko sitten minä kävin ostamassa itselleni kauniin, pienen ja kalliin käsintehdyn rintapinssin siitä Vanhankaupungin koruliikkeestä. Tiedäthän, sellaisen hienon ja uniikin, mutta aika helposti irtoavan. Sinäkin kai tiedät kaupan pitäjän, herra Redderin. Minä tunnen hänet oikein hyvin. Hän kertoi olevansa lähdössä tapaamaan siskoaan Parkahoviin, ja tulevansa takaisin Sivistaniin vasta juuri ennen näitä juhlia. Hänen tyttärensähän valmistui myös täällä, häneltä minä itse asiassa tästä ensiksi kuulin. Niinpä minä pudotin rintapinssini Fyggenheinien kassakaapin viereen. Poliisipäällikön oli helppo jäljittää se

71

Redderin kauppaan, mutta hän ei voinut kysyä Redderiltä kuka sen oli ostanut, ennen kuin juuri äsken, hänen palattuaan. Ja nyt herra Redder ilmeisesti kertoi Hammonille tänä aamuna, ennen kuin lähti tänne, että minähän sen olin ostanut. Ja kas, tuollahan Hammon onkin. Sinun ei kannata seurata minua tämän pitemmälle."

Ulkona monet olivat pysähtyneet osoittelemaan poliisipartiota, joka lähestyi juhlivia oppilaita koulun pihan poikki. Nik otti muutaman askeleen lisää, ja pysähtyi oppilaiden eturiviin, puristaen vasta saamaansa diplomia toisessa kädessään. Hän sulki silmänsä, nauttien joko auringon paisteesta tai lähestyvien poliisien hänelle suomasta huomiosta.

"Lain ja kuningatar Silfridan nimeen, Nik Odession, sinä olet pidätetty epäiltynä lordi ja lady Fyggenheinin kartanon ryöstöstä", poliisipäällikkö Hammon sanoi kovaan ääneen pysähdyttyään Nikin eteen. "Tule mukaamme sovinnolla."

Hän kohotti käsirautoja Nikin edessä. Nik kohotti kätensä ilmaan, antaen diplominsa pudota maahan.

"Kas, Hammon", Nik tervehti nauraen. "Taisinpa jäädä kakkoseksi. Mikä paljasti minut?"

"Säästetään tämä poliisiasemalle."

Hammon sulki käsiraudat Nikin ranteiden ympärille, ja lähti saattamaan häntä poliisipartion ympäröimänä pois. Väkijoukko tuijotti heidän menoaan hiljaisuuden vallitessa, kuin maailma olisi yhtäkkiä tullut päätökseensä. Nea kävi poimimassa talteen Nikin pudonneen diplomin.

"Kirottu poika!" isä karjui, kun hän, äiti ja Nea olivat päässeet kotiin. "Pitikö hänen vielä mennä jäämään kiinni juuri siinä? Koko koulun edessä!"

Koko Sivistanin suurin puheenaihe juuri tällä hetkellä oli Nik Odession, arvostetun ylhäistöperheen poika, jonka poliisit olivat hakeneet tämän omista valmistujaisista, ja joka oli tunnustanut syyllisyytensä Fyggenheinien kartanon murtoon.

Äiti nyyhki salongin sohvalla.

"Lady Fyggenhein tuskin haluaa enää nähdä minua. Ja vaikka haluaisikin... miten minä voisin tämän jälkeen kohdata hänet? Mitä minä hänelle sanoisin?"

"Perheemme maine on mennyttä kertarysäyksellä", isä ärisi. "Pian rahammekin ovat menneet, jos emme tee jotain... liikekumppanini eivät varmasti halua tulla nähdyiksi tekevän bisnestä minun kanssani, eivät enää... sain jo tänään kaksi kirjettä keskeytetyistä sopimuksista."

Nea olisi halunnut kysyä, mitä Nikille tapahtuu, mutta ei uskaltanut. Isä ja äiti murehtivat vain perheen mainetta, mutta eivät poikansa kohtaloa.

"Meillä on vielä yksi keino pelastaa perheemme", isä sanoi. "Nea, tyttöni, kaikista veljesi teoista huolimatta, sinä sentään olet pysynyt uskollisena perheellemme. Ja nyt sinä olet meidän viimeinen toivomme. Sinä voit vielä pelastaa maineemme."

Tämä tieto yllätti Neaa kovasti. Oliko heillä sittenkin vielä toivoa?

"Miten minä voin sen tehdä, isä?"

"Herra Davarosilla, eräällä minun liikekumppanillani, on vähän sinua vanhempi poika. Jim Davaros. Hänen isänsä omistaa Sivistanin parhaat kutomot ja vaatetehtaat. Herra Davaros ehdotti minulle, että järjestäisimme avioliiton sinun ja Jimin välille – Jim kuulemma pitää sinusta kovasti. Minä koulutan sinusta perijän tehtailleni, ja kun menet naimisiin Jim Davarosin kanssa, saa liittonne haltuunsa sekä Sivistanin vaatetehtaat että makrilli- ja veitsitehtaat. Näin sukumme tulee hallitsemaan Sivistanin suurinta bisnesimperiumia. Vaikka sinä olisitkin vain Jim Davarosin vaimo, olisi suurempi osa tuosta imperiumista peritty sinun kauttasi – ja silloin Odessionin suvun maine ja kunnia olisi palautettu. Jopa Nikin tekemä lovi hautautuisi tuon suuren bisnesimperiumin alle."

Isä ja äiti katsoivat molemmat odottavasti Neaa.

"Häät voitaisi pitää vaikka sitten, kun sinä olet valmistunut koulusta", isä sanoi. "Vuoden päästä. Saan vuoden aikaa opettaa sinulle tarvittavan. Ja toki sinä Jim Davarosin vaimonakin voit aina käydä tutustumassa tehtaitteni toimintaan, niin kauan kuin minä niitä hallinnoin."

"Tämä on viimeinen mahdollisuutemme", äiti kuiskasi. "Pelastathan sinä meidät, Nea rakas?"

"Davaros itse tietenkin vain pyrkii saamaan isomman hyödyn itselleen, hän haluaa minun tehtaani omaan hallintaansa", isä mutisi. "Siksi en aiemmin suostunut hänen ehdotukseensa. Mutta nyt meillä ei ole muuta vaihtoehtoa."

"Tuota... isä... äiti... Olen pahoillani, mutta en voi suostua tähän."

Isä ja äiti tuijottivat Neaa kuin eivät olisi ikinä ennen kuulleet hänen avaavan suutaan.

"Mitä sinä sanot, tyttö?" isä tivasi.

"Minä olen rakastunut erääseen toiseen. Minun on pitänyt kertoa teille, mutta ei ole tullut mitään hyvää hetkeä, kun on ollut ongelmia Nikin kanssa..."

"Kuka hän on?" äiti kysyi.

"Hänen nimensä on Harol Munder."

"Munder... ei kuulosta tutulta nimeltä", äiti pohti. "Tunnen kyllä suurimman osan ylhäistösuvuista, mutta Mundereista en muista kuulleeni."

"Hän... tuota, hän ei kuulu ylhäistöön. Hän käy normaalikoulua, samaa vuotta kuin minä."

"Mitä − tarkoitatko että hän kuuluu köyhäistöön?" äiti kauhistui.

"No. Niin... kyllä."

"No voi nyt hyvänen aika!" isä jylisi. "Ensin Nik tekee kaikkensa tuhotakseen meidän perheemme, ja sitten sinäkin väität että haluaisit rakastaa jotain köyhäistöpoikaa! Luulin että olemme sentään kasvattaneet sinut paremmin! Nea, sinä kuuntelet nyt minua tarkkaan! Meidän perheemme tulevaisuus on hiuksen hienon langan varassa, ja sinulla on nyt ainoa mahdollisuutemme kiivetä ylös sysimustan kuilun partaalta, minne Nik on meidät upottanut. Sinä et voi tosissasi kuvitella meneväsi naimisiin jonkun köyhäistöpojan − Manderin, vai mikä hänen nimensä olikaan − kanssa, sitä en sallisi tavallisestikaan, mutta et etenkään tässä tilanteessa! Sinä teet niin kuin käsketään, sinä suoritat kiltisti koulusi loppuun, ja sitten menet naimisiin Jim Davarosin kanssa ja pelastat perheemme maineen! Hän on rikas, tulee kunnioitetusta suvusta, ja hän tarjoaa sinulle mahdollisuuden saada haltuusi yksi koko Belfanin suurimmista bisnesimperiumeista. Se on sinun velvollisuutesi Odessionin suvun tyttärenä. Vai oletko sinä yhtä kunniaton kuin veljesi? Ja sitä köyhäistöpoikaa et enää tapaa, onko selvä?"

Nea tuijotti isäänsä, pidätellen itkua. Hänen mieleensä muistui neuvo jonka Nik oli hänelle antanut; jos Nea ei pitäisi puoliaan, tulisi hän menettämään Harolin. Hänen pitäisi sanoa vastaan isälle, pitäisi sanoa ei. Niin Nik olisi tehnyt, ja nauranut päälle. Mutta Nea ei pystyisi nauramaan – itkun pidätteleminenkin oli jo tarpeeksi vaikeaa. Hän tiesi rakastavansa Harolia, eikä halunnut menettää tätä – mutta vanhempiaan oli toteltava. Perheen kunnia meni muun edelle.

Nea nielaisi.

"Hyvä on", hän kuiskasi, ja inhosi itseään. "Minä menen naimisiin Jim Davarosin kanssa."

"Sitähän minäkin", isä murahti. "Ehkä tästä vielä selvitään. Minä luulen että sinun kannattaa mennä huoneeseesi miettimään sanojasi, ja tulevaisuuttasi."

Nea pyyhälsi pois, ja viimein sängylleen heittäytyessään hän päästi patoutuneet kyyneleensä virtaamaan. Miksi kaiken piti mennä näin? Samana päivänä häneltä oli viety sekä Nik että Harol. Miksi kaikki oli niin epäreilua?

Koko päivän Nea itki huoneessaan. Vasta illalla, ennen nukkumaanmenoa, äiti tuli käymään hänen luonaan, tuoden lautasellisen keittoa ja palan leipää.

"Syö", hän sanoi. "Minä ymmärrän, että tämä on sinulle raskasta, mutta sinun on silti syötävä."

Nea otti tarjottimen vastaan ja mutisi tuskin kuuluvalla äänellä kiitoksen. Äiti istui sängylle hänen viereensä.

"Minä ymmärrän, että sinun on nyt vaikea hyväksyä sitä, ettet saa olla sen pojan kanssa, johon olet ihastunut. Mutta suvun kunnia on tärkeintä, muistathan – joskus meidän on uhrattava tärkeitäkin asioita sen eteen. Oikea valinta ei ole aina se helpoin."

Nea nyökkäsi leipäänsä mutustellen.

"Minäkin olin nuorena tyttönä ihastunut erääseen toiseen poikaan. Hän ei ollut rikas kuten me. Mutta kun isäsi kosi minua, kehottivat minun vanhempani naimaan hänet, ja pian minä jo olin unohtanut sen köyhän pojan. Eril, oli hänen nimensä. Se sattui vähän aikaa, mutta meni nopeasti ohi. Isäsi kanssa olen ollut onnellinen, ja olen varma, että sinäkin tulet olemaan onnellinen uuden aviomiehesi kanssa."

"Enhän minä edes tunne häntä."

Nea muisti kyllä Jim Davarosin, tämä oli käynyt alakoulun viimeistä luokkaa kun Nea oli aloittanut koulun, ja hän oli myös tavannut tämän muutaman kerran isän isännöimissä juhlissa, minne oli tullut liikemiehiä joka puolelta Belfania. Jim oli pitkä poika, vaaleatukkainen, ja ihan hauskan näköinen. Hän oli tullut juttelemaankin Nean kanssa; mutta ei Nea osannut sanoa hänestä mitään sen enempää.

"Sinä opit tuntemaan hänet nopeasti. Ja yhdessä te sitten hallitsette koko valtakunnan suurinta bisnesimperiumia, jonka lapsenne tulevat perimään. Aikanaan se tulee kantamaan Davarosien nimeä, mutta meidän veremme on sen rakentanut. Jos teidän lapsenne menestyvät, ja kenties joskus tapaavat kuningattaren lapsia, saatetaan heidät ehkä lopulta aateloida. Ei kai tämä niin huonolta tulevaisuudelta kuulosta, vai mitä, Nea?"

Nea sekoitteli keittoaan hyvän tovin, ennen kuin huokaisi, ja sanoi: "Ei, äiti. Ei se niin huonolta kuulosta."

Äiti hymyili, ja nousi lähteäkseen.

"Hyvä tyttö. Sinusta tulee vielä hyvä vaimo ja hyvä äiti. Kun olet syönyt, jätä vain astiat tänne ja käy nukkumaan. Tiskaaminen voi odottaa aamuun. Ja muistahan iltarukouksesi."

Kunnia isän, äidin, rukous heidän verelleen. Kunnia kuningattaren, rukous hänen kruunulleen. Kunnia jumalan, rukous hänen taivaalleen.

Nik ei ollut koskaan pitänyt tästä rukouksesta, mutta Nea oli jokaisen Belfanin kunniallisen kansalainen tapaan toistanut sen aina iltaisin nukkumaan käydessään. Koskaan ennen hän ei ollut kuitenkaan tuntenut rukouksen lausumista näin vastenmieliseksi.

Luku 8: Räjähtävä vankilapako

Sivistanin vankila oli ankea paikka, mutta ottaen huomioon miten vähän kaikki aina sanoivat että Sivistanissa tehtiin rikoksia, oli vankilassa yllättävänkin paljon vankeja. Monta osastoa täynnä pieniä sellejä. Ulkoilutuokion yhteydessä Nik oli saanut tilaisuuden jutella muutamien muiden vankien kanssa; he olivat kaikki köyhäistöä, työttömiksi joutuneita rahattomia kerjäläisiä, jotka nälkä oli ajanut varastamaan, tai joissain tapauksissa jopa tappamaan.

Hienon perheen poikana Nik sai majoittua vankilan hienoimpaan selliin, missä oli ikkunasta hyvä näkymä ulos. Nikille se sopi täydellisesti; ei siksi etteikö hän olisi kestänyt pienempää selliä, vaan siksi, että näin hän saattoi sitoa sellinsä ikkunaan valkoisista lakanoistaan repimänsä liinanpätkän. Sänkynsä hän siirsi kaiken varalle kauemmas ikkunasta; hän ei tiennyt milloin Harol toimisi, mutta oletettavasti yöaikaan, kun hän olisi nukkumassa.

Vankilan johtaja, herra Desmon, kertoi Nikille että häntä varten järjestettäisiin piakkoin oikeudenkäynti, missä hänen tuomionsa pituus ratkaistaisiin. Hän arvioi että Nik saisi viettää vankilassa vähintään kaksi vuotta, mahdollisesti jopa yli viisi; Fyggenheinit vaativat hänelle ankaraa rangaistusta, ja painostivat kuulemma pormestari Fernstiä puoltamaan tätä. Hyvin harvoin pormestari toimi vasten aatelisten tahtoa. Lopullinen päätös olisi kuitenkin lainoppineen tuomarin eikä pormestarin käsissä. Ja osoittamalla katumusta ja käyttäytymällä hyvin voisi kuulemma välttää useita vuosia.

Ensimmäisten päivien aikana kukaan ei tullut vankilaan Nikiä tapaamaan, vaikka Desmon oli huolehtinut siitä, että Nik oli perillä siitä miten vierailijoiden kanssa toimittiin. Tämä ei varsinaisesti yllättänyt Nikiä; olihan isä uhannut tehdä Nikistä perinnöttömän jos poliisipäällikkö saisi syitä epäillä Nikiä, eikä hän voinut kuin olettaa isän nyt täyttäneen uhkauksensa. Jatkossa isä ja äiti luultavasti kiistäisivät että heillä mitään poikaa onkaan.

Neaa Nikin tosin kävi sääliksi. Hänen olisi vielä käytävä tapaamassa tätä ja, jos mahdollista, autettava siskoaan Harolin kanssa.

Lopulta Nikin ei tarvinnut olla vankilassa kuin viikko, ennen kuin korvia huumaava pamaus herätti hänet keskellä yötä. Hänen sellinsä katosta varisi laastia hänen päälleen; isojakin paloja, joista jäi taatusti mustelmia.

"Uh, eikö pienempikin latinki olisi riittänyt?" Nik mutisi hieroessaan unisena silmiään. Ulkoa kantautuva raikas yöilman henkäys kuitenkin virkisti.

Tavaroita Nikillä ei ollut, ja hän oli nukkunut yönsä täysissä pukeissa, joten hän oli valmis lähtemään sinä silmänräpäyksenä kun pääsi pystyyn. Hän loikkasi ketterästi ulos valtavasta aukosta, joka hänen huoneensa seinässä ammotti.

"Harol, vanha ystäväni, hyvin tehty", Nik tervehti toveriaan.

"Juostaan", Harol sanoi. "Tuon pamauksen jäljiltä koko vankila on hereillä."

Nik kääntyi vielä katsomaan murskaantunutta selliään, ja nauroi ääneen nähdessään liekkien tarttuvan rumiin ikkunaverhoihin. Sitten hän kääntyi ja seurasi Harolia täyttä juoksua kohti läheistä metsää.

80

Kuljettuaan taas hyvän matkan purossa, mahdollisten koirien harhauttamiseksi, pysähtyivät he vähän ennen aamun koittoa lepäämään suuren kiven päälle.

"No... miten kesäloma on lähtenyt käyntiin?" Nik kysyi kepeästi.

"Sinä ainakin olet saanut koko kaupungin sekaisin", Harol sanoi. "Koko viikon aikana ei kukaan ole puhunut mistään muusta. Mutta Nik... mitä seuraavaksi? Koko kaupunki tulee jahtaamaan sinua. Mitä sinä aiot tehdä?"

"Minun pitää kadota, lähteä Sivistanista. Mutta sitä ennen aion jättää vielä pienen jäähyväislahjan. Sitä varten ajattelin käyttää samaa naamiota kuin ennenkin – onko sinulla vielä sinun naamiosi tallessa? Saanko lainata sitä?"

"Hyvä on."

"Ja jos sinulla on myös se pullo unihöyryjä jonka annoin sinulle, saattaisi siitäkin olla minulle hyötyä. Ja sitten olet tietysti myös minulle velkaa yhden kultaharkon, muistathan."

"Totta kai."

"Hyvä. Mutta minulla on sinulle myös henkilökohtainen kysymys. Oletko vielä tavannut siskoani?"

Harol huokasi syvään.

"En. Minä luulen että teidän vanhempanne eivät päästä häntä ulos. Ehkä hän kertoi heille minusta, eivätkä he anna hänen tavata minua."

"Olen pahoillani." Nik taputti Harolia olkapäähän. "Vaikka se ei tietysti yllätä hirveästi. Mutta Nea itse kyllä haluaisi nähdä sinua,

81

siitä olen varma. Minä aion vielä tavata hänet ennen kuin pakenen. Kerron sitten sinulle."

Harol nyökkäsi.

"Kiitos, Nik. Sinä olet aidoin ystävä joka minulla on koskaan ollut."

Harolin sanat koskettivat Nikiä. Nik oli ylpeä kaikista saavutuksistaan, sellaisista joita kukaan häntä ennen ei ollut Sivistanissa tehnyt. Mutta jotain mitä hän ei olisi uskonut olevansa kenellekään, oli hyvä ystävä. Hänellä itselläänkään ei ollut koskaan ollut ketään aitoa ystävää – ei ennen Harolia. Hetken Nik jopa pohti, olisiko hän voinut kestää Sivistanin sietämätöntä, kaksinaamaista, teeskentelevää normaalielämää, jos hänellä olisi alusta asti ollut aito ystävä rinnallaan.

Seuraavana yönä Nik kiipesi köyden avulla kotitalonsa seinää ylös, ja koputti siskonsa ikkunaa. Hän vilkuili vielä ympärilleen täältä ylhäältä, varmistuakseen siitä ettei missään näkynyt poliiseja. Olisi loogista ajatella että poliisit epäilisivät hänen pyrkivän käymään vanhassa kodissaan, mutta logiikka ei ollut Sivistanin asukkaiden vahvoja puolia, etenkään silloin kun perhe oli katkaissut kaikki siteensä kunniansa pettäneeseen poikaan. Itse asiassa Nikillä ei ollut aavistustakaan siitä, miten valtakunnan kunniasäännöt sanoisivat että hänen tilanteessaan tulisi toimia.

Nik koputti uudestaan, ja näki Nean nousevan sängystään ja tulevan avaamaan ikkunaa. Nik kapusi sisään.

"Nik!" Nea kuiskasi huojentuneena, ja halasi veljeään. Vaaleanruskeat hiukset täyttivät Nikin näkökentän. Nean ilme oli kuitenkin huolestunut. "Mitä sinä olet taas mennyt tekemään?

Kaikki kaupungin poliisit ovat sinun perässäsi. He kävivät täälläkin päivällä."

"Minun on paettava kaupungista. Mutta sitä ennen minun oli nähtävä sinut. Mitä minun paostani kerrotaan?"

"Kaikki ovat järkyttyneitä. Sellaista räjähdystä ei ole koskaan ennen ollut kaupungin sisällä. Eikä kukaan tunnu tietävän miten sinä sen teit."

"Eipä tietenkään. Entä mitä sinulle kuuluu, sisko?"

Nea puristi Nikin kättä ja näytti painiskelevan jonkin suuren ajatuksen kanssa. Lopulta hän oli puhjeta itkuun, ja halasi taas Nikiä. Nik oli vähän ymmällään, mutta taputti hellästi pikkusiskonsa selkää.

"Nik, onko sinun mentävä? Minä en halua jäädä taas yksin."

"Tokihan sinä ymmärrät, että jos minä jään, lukitaan minut taas vankilaan. Tällä kertaa joutuisin ehkä jopa hirteen."

"Nik, he pakottavat... isä pakottaa minut menemään naimisiin Jim Davarosin kanssa. Hänen isänsä on isän liikekumppaneita, ja meidän liittomme avulla meidän sukumme tulisivat hallitsemaan koko kaupungin suurinta bisnesimperiumia."

Nik tuijotti Neaa tämän kyynelten kostuttamiin silmiin.

"Entä Harol? Rakastatko sinä vielä häntä?"

Nea nyökkäsi.

"Kyllä minä rakastan. Mutta Nik... se on ainoa keino pelastaa meidän sukumme kunnia."

83

"Vähät siitä! Jos sinä rakastat Harolia, niin sinä menet naimisiin hänen kanssaan. Ja jos isä ja äiti ovat eri mieltä niin lyöt heitä vaikka nenään."

"Voi Nik... minä toivoisin että voisin olla yhtä vahva ja yhtä vapaa kuin sinä..."

"Syytätkö sinä minua siitä?" Nik kysyi äkkiä. Hänen mieleensä oli pälkähtänyt kauhistuttava ajatus, jota hän ei ollut lainkaan tullut ennen ajatelleeksi. "Minä olen pilannut meidän sukumme kunnian. Onko se minun syytäni, että sinä joudut jättämään Harol Munderin ja naimaan Jim Davarosin?"

Nea oli hyvän tovin hiljaa, mutta pudisti sitten päätään.

"Ei se sinun syytäsi ole. En minä tiedä kenen syytä se on. Minusta tuntuu että se on tavallaan meidän kaikkien syytä. Kaikkien meidän, jotka olemme tehneet maailmasta tällaisen, ja kaikkien meidän, jotka olemme eläneet täällä yrittämättä muuttaa mitään. Ennen kuin menet, niin sinun täytyy tietää yksi asia, Nik. Minä ihailen sinua. Todella ihailen. Sinä olet ainoa ihminen jonka minä tiedän, joka on yrittänyt muuttaa mitään. Kai sinä olet nähnyt jotain sellaista maailmasta, mitä muut eivät ole. Ennen minä en yhtään ymmärtänyt, miksi sinun oli pakko aina kapinoida, miksi sinun piti aina joutua vaikeuksiin ja pilata perheemme maine. Mutta nyt minä ymmärrän. Ja sinä et saa lopettaa sitä, Nik, et saa!"

Jos Harolin sanat ystävyydestä olivat koskettaneet Nikiä, niin Nean tunnustus tuntui lävistävän hänen sydämensä. Nik oli aina ollut huolissaan ympärillään olevien ihmisten mielenterveydestä, mutta ei ollut koskaan ennen ajatellut että hän tekisi jotain heidän hyväkseen. Ehkä hänen impulsiiviset rikoksensa olivat jotain muutakin kuin vain tapoja viihdyttää itseään tässä hullussa maailmassa.

84

"Nea? Onko siellä joku?"

Nik havahtui pohdinnoistaan kuullessaan isänsä äänen. Portaista kuului askelia.

"Minun on mentävä." Nik kiipesi ikkunalaudalle, mutta kääntyi sitten takaisin päin ja ojensi kätensä. "Nea, tule mukaani. Minä vien sinut Harolin luokse. Me voimme lähteä yhdessä, ja sinä voit jättää sukusi kunnian taaksesi."

"Nea, kuka siellä on? Ei kai se ole Nik? Margaria, kutsu poliisi, Nik on täällä!"

Nea katsoi Nikiä suurin silmin.

"Sinä olet oikeassa", Nik sanoi. "Sinä ymmärrät minua jo paremmin kuin minä itsekään. Mutta sinäkin voit muuttaa asioita, Nea. Sinun ei ole pakko mennä naimisiin Jim Davarosin kanssa."

Nea tuijotti Nikiä ja tämän takana näkyvää pimeää kaupunkia, ja oli kohottamassa kättään kohti veljeään. Mutta silloin hänen huoneensa ovi pamahti auki.

"Nik!" isä karjui. Nik ei voinut muuta kuin heittäytyä ikkunasta ulos ja laskeutua alas köyttään pitkin.

"On sinulla otsaa tulla tänne!" isä karjui ikkunasta, Nikin juostessa tiehensä. "Tulepa vielä takaisin, niin vien sinut itse poliisiasemalle! Hirteen tuollaiset rikolliset kuuluvat!"

Nik tiesi ettei voisi enää palata. Ja jostain syystä hän tunsi olonsa kurjemmaksi kuin koskaan ennen. Hän oli surullinen Nean takia, mutta sen lisäksi hän tunsi jotain mitä ei muistanut koskaan ennen tunteneensa; katumusta. Hänen olisi pitänyt ottaa Nea mukaansa.

Luku 9: Polttavat jäähyväiset

Päivällä poliisipartioita kiersi kaikkialla kaupungissa. Nik kävi kerran niin lähellä kotiaan, että näki yhden partion pitävän vahtia joka suunnalla heidän talonsa ympärillä. Jos hän jäisi Sivistaniin, jäisi hän ennen pitkää kiinni. Se oli selvä.

Niinpä Nik ei voinut muuta kuin siirtää ajatuksensa suunnittelemaansa jäähyväislahjaan. Jos kaupunki olikin jo mennyt sekaisin hänen murrostaan ja vankilapaostaan, oli hänen aika tehdä rikos josta koko valtakunta muistaisi hänet. Aika tuoda todellinen kaaos kaupunkiin.

Harolilta Nik sai taas tutun hymynaamionsa, tämän hankkiman sorkkaraudan, sekä jäljelle jääneen pullollisen unihöyryjä. Ja kultaharkkonsa, joskin sitä Nik ei tarvinnut vielä.

Poliisipartioita vältellen Nik suuntasi yöllä kohti pormestari Fernstin asuntoa, asettaen taas naamion kasvoilleen. Jos hänet nähtäisiin, olisi hymynaama hänen omia kasvojaan varmempi tapa varmistua siitä, että kaikki tietäisivät hänen olevan tämän viimeisen, hirvittävimmän teon takana. Sivistan oli järkyttynyt siitä, että aatelisia voidaan ryöstää. Mutta nyt oli aika laittaa koko ylhäistö todella pelkäämään oman henkensä puolesta, niin, ettei kukaan järkevä ihminen vitsailisi kepeästi asiasta esittäen kahvipöydässä pöyristynyttä, yrittäen keksiä mitä nokkelampia teorioita siitä, mitä tuon mielenvikaisen pojan päässä oli liikkunut.

Pormestari Fernst asui hienossa talossa Vanhassakaupungissa, meren rannalla. Asunnolla oli yksi vartija; tämä oli kuitenkin pormestarin henkilökohtaisesti palkkaama yksityinen turvamies eikä osa poliisivoimia.

Nik käveli katua pitkin vartijaa kohti, ja heti kun näki että tämä oli huomannut hänet, kaatui Nik maahan, ja voihkaisi kovaan ääneen.

"Auh! Taisin nyrjäyttää nilkkani – apua, en pääse ylös!"

Vartija riensi heti hänen avukseen. Nik oli painanut kasvonsa maata kohti vartijan kumartuessa hänen ylleen – kun Nik nousi ja kaatoi vartijan maahan, näki hän kauhistuksen tämän kasvoilla tämän tunnistaessa Nikin hymynaamion – mutta sitten unihöyryillä kostutettu rätti jo vaivutti hänet syvään uneen.

Nik vilkuili ympärilleen. Muita vartijoita ei ollut paikalla. Tyypillistä Sivistania – luulisi että viimeaikaiset tapahtumat olivat osoittaneet, ettei ylhäistö voi vain nukkua öitään rauhassa luottaen siihen, ettei kukaan riskeeraa kunniaansa käymällä heidän kimppuunsa – hyppäyksen aatelisista pormestariin ei pitäisi olla niin pitkä. Mutta tässä kaupungissa ei toki muutettaisi mitään vanhoja tapoja, ellei olisi aivan pakko. Toisaalta tajuton vartija näytti Nikiä vahvemmalta mieheltä. Hän olisi varmasti pitänyt loitolla Sivistanin tavalliset rikolliset, joilla ei olisi varaa hankkia unihöyryjä, tai ylipäänsä älyä pelata minkäänlaista kieroa peliä. Tavalliset köyhäistövarkaat eivät olleet saaneet mahdollisuutta käydä korkeampaa koulua ja oppia geometriaa ja muita hienoja, ajattelua vaativia asioita. Äkkiä Nik tunsi kiitollisuutta kouluaan kohtaan, vaikka olikin aina pitänyt suurinta osaa oppitunneista turhina.

Sorkkarauta avasi oven, vaikka se vei Nikiltä aikansa – nyt Harolista olisi ollut apua. Harol olikin tarjoutunut tulemaan mukaan, mutta Nik oli kehottanut häntä pysymään poissa – hän ei halunnut ottaa riskiä, että kukaan näkisi Harolia hänen seurassaan. Tosin hän oli sanonut minne oli menossa, siltä varalta että Harol ei haluaisi jätää näkemättä kaikkien aikojen esitystä. Ja hän oli melkoisen varma, ettei tämä ollutkaan jättämässä sitä väliin.

Päästyään sisään Nik hiipi hiljaa ympäri pimeää taloa. Täällä hänen oli oltava varovaisempi kuin Fyggenheinien luona, sillä hänellä ei ollut aavistustakaan siitä millainen Fernstin talo oli sisältä päin. Eikä hän halunnut käydä suoraan toimeen; hän halusi ensin löytää pormestarin, sekä tämän tyttären. Tyttöä hänen kävi sääliksi; kaikki tiesivät että tämä oli menettänyt äitinsä, ja pormestari vaimonsa, influenssaepidemiassa kolme vuotta sitten. Ja nyt tämä; joskus kuitenkin asiat menivät ikävästi. Nik ei ollut koskaan käsittänyt miten papit pystyivät väittämään jumalan olevan lainkaan armollinen. Erityisen armollinen ei ollut myöskään Nik.

Nik löysi ensin Fernstin tyttären, Marielan. Tämä nukkui sikeästi peittoonsa kietoutuneena, kaksitoistavuotias tyttö, vailla murheita siitä mitä hänen isänsä tahtoisi hänen tekevän elämällään; kenet hänen tulisi naida Fernstin suvun kunnian vuoksi. Tai ehkei täysin murheetta; Nik tarkistaisi asian pikapuoliin.

Hän olisi halunnut vain iskeä unihöyryt tytön kasvoille saman tien. Mutta tämän oli ensin herättävä. Nähtävä kaupungin tuntema ja pelkäämä hymynaama. Joten Nik herätti hänet.

Mariela ei ollut lainkaan niin peloissaan kuin Nik oli odottanut. Ei edes huutanut. Tyttö sanoi vain: "Sinä. Minä sanoin isälle, että sinä tulet tänne seuraavaksi, mutta hän ei kuunnellut."

Nik katsoi tyttöä hetken, ja asetti sitten unihöyryrätin tämän kasvoille. Tytön valahdettua tajuttomaksi, riisui Nik tämän yöpaidan; selässä näkyi samoja jälkiä kuin hänellä itsellään ja Agael Fyggenheinillä. Äkillinen raivo valtasi Nikin; kaikesta huolimatta hän oli yliarvioinut Sivistanin ihmiset, kun ei ollut tajunnut tätä aiemmin. Hän ei ollut varma ymmärsikö kukaan

88

muukaan asiaa. Isä, kuten luultavasti sekä pormestari että lordi Fyggenhein, kuvittelivat varmasti kaikki olevansa koko kaupungin ylhäistön ainoita isiä, jotka antoivat lapsilleen raippaa. Ja kaikki häpesivät sitä, häpesivät lapsiaan jotka vaativat kurittamista, häpesivät omaa kyvyttömyyttään kasvattaa kunniallisia lapsia, häpesivät niin paljon ettei kukaan ikimaailmassa sanonut halaistua sanaa siitä miten heidän luona todellisuudessa lapsia kasvatettiin. Ja julkisuudessa toki paheksuivat kaikkia niitä, jotka joutuivat antamaan raippaa omille lapsilleen. Nik olisi halunnut huutaa ääneen; oliko hänen oma isänsä jopa kaikista lähimpänä elää kuvitellun moraalinsa mukaisesti, kun oli vasta aivan viime aikoina todella antanut Nikille raippaa? Vaikka Nik oli sentään ollut koko ikänsä täysin eri luokkaa kuin Agael Fyggenhein tai Mariela Fernst.

Mutta tavallaan se teki hänen seuraavasta teostaan helpomman. Nik löysi pormestarin itsensä kuorsaamasta omassa makuuhuoneessaan kalliissa silkkilakanoissa; mutta ei yhtä kalliissa kuin aateliset Fyggenheinit, Nik arvioi.

Fernst heräsi Nikin päästyä tämän vierelle.

"Sinä", Fernst henkäisi, paljon kauhistuneempana kuin tyttärensä.

"Minä", Nik tunnusti, ja pisti isänsä veitsen pormestari Fernstin kurkusta läpi.

Pormestarin talosta Nik löysi raipan, joka oli piilotettu komeron perukoille, mistä kukaan vieras ei varmastikaan sitä näkisi. Nik raahasi kuolleen, veren peittämän pormestarin ja tämän nukkuvan tyttären eteiseen, ja otti sitten taas esiin unihöyrypullonsa. Aika jättää näyttävät jäähyväiset kaupungille, jota hänen ei tulisi ikävä.

Unihöyryjä oli syytä käsitellä varoen, koska neste syttyi helposti palamaan. Niinpä Nik ripotteli loput nesteestä ympäri Fernstien keittiötä. Keittiöstä hän löysi myös tulitikut; hän ei ollut edes tuonut omia mukanaan. Ikkunaverhot, matto, pöytä, tuolit... tuli levisi nopeasti.

Nik juoksi takaisin eteiseen ja kantoi pormestarin tyttärineen ulos. Vielä tulipaloa ei ollut huomattu, joten Nikillä oli aikaa jättää jäähyväisensä tyylillä. Hän jätti pormestarin makaamaan verisenä tämän tajuttoman yövartijan viereen, ja isänsä toiselle puolelle hän asetteli tämän tyttären nukkumaan. Hän jätti tämän makaamaan vatsalleen ilman paitaa, niin että selän jäljet olivat hyvin näkyvillä liekkien loisteessa; Sivistanin historian suurimman kokon vieressä tämän ei ainakaan pitäisi tulla kylmä keskellä yötäkään. Kolmikko oli silti riittävän kaukana talosta, että Nik arvioi heidän olevan turvassa liekeiltä; sitä paitsi joku tulisi pian heidät pelastamaan, vaikka tuli leviäisikin ulos talosta. Pormestaria itseään se ei tietenkään enää lohduttaisi. Kaiken päätteeksi hän asetteli raipan pormestarin käteen, ja jätti käden pystyasentoon, ikään kuin valmiina lyömään tytärtään.

Noin. Nikin jäähyväiset Sivistanille roihusivat jo kirkkaana yön pimeydessä. Huutoja alkoi kuulua puolin toisin. Nik seisoi vielä hetken ihailemassa palavaa rakennusta, nauraen kovaan ääneen liekkien loimussa. Sitten hän lähti, mutta pysähtyi vielä jonkun matkan päässä luodakseen uuden silmäyksen pimeässä hohtavaan kokkoon. Jos ei muuta, oli se ainakin kaunista. Mutta ehkä tällä kaikella oli myös tarkoituksensa. Ehkä joku jopa ymmärtäisi.

Luku 10: Jim Davaros

Nea seisoi taas kerran keittiön ikkunan ääressä tuijottamassa ulos merelle. Hänen uusi asuntonsa oli valtavan iso, upeampi kuin hän oli kuvitellutkaan, kaikki mitä kuka tahansa itseään kunnioittava Belfanin asukas olisi voinut toivoa. Odessionien ja Davarosien liitto oli tuottanut tulosta; yhteen sulautuneet suuryhtiöt olivat nopeasti vallanneet yhä uusia markkinoita. Vaatteiden, veitsien ja makrillien lisäksi he tuottivat nykyään myös kynttilöitä, lautasia, viiniä ja sardiineja. Vaikka Alford Odession ja Mikhail Davaros omistivat yhä kumpikin nimellisesti omat osuutensa yrityksistään, oli Jim Davaros jo nimetty virkaa tekeväksi toimitusjohtajaksi ja hänestä koulutettiin kovaa vauhtia yhtiön tulevaa johtajaa. Jimin bisnesvainu oli osoittautunut teräväksi; hän oli vallannut koko Belfanin kynttilämarkkinat, ja huhuttiin että valmisteilla oli jo kaupat joilla myös tulitikkujen valmistus siirtyisi DavaOdes Oy:n haltuun. Monien oli kuultu spekuloivan, että isänsä iässä hänestä olisi tullut koko Belfanin rikkain mies.

Nea, nykyään sukunimeltään Davaros, oli ollut naimisissa Jimin kanssa jo lähes viisi vuotta. Häät oli pidetty kesällä hänen valmistuttuaan Sivistanin korkeammasta yläkoulusta. Kuusi vuotta oli kulunut siitä kun Nik oli huojuttanut koko kaupungin pyhänä pidettyä vakautta, ensin ryöstämällä aatelisten lordi ja lady Fyggenheinin kartanon, ja sitten paennut vankilasta räjäyttämällä sen seinän. Tämän ylhäistö olisi ehkä vielä voinut ohittaa olan kohautuksella, toteamalla että Nik oli päästään vialla, ja leimaamalla Odessionin suvun kunniattomasti epäonnistuneeksi lastensa kanssa. Mutta sitten Nik oli vielä murhannut pormestari Fernstin, ja polttanut tämän talon. Kaiken kukkuraksi Nik oli jättänyt pormestarin tyttären, Marielan, ulos liekehtivän kotinsa ja kuolleen isänsä viereen, maahan makaamaan selkä paljaana, selvät raipan jäljet kaikkien nähtävillä, ja raippa vierellään isänsä kuolleessa kädessä. Jotkut olivat yrittäneet väittää, että Nik oli luultavasti itse pahoinpidellyt tyttöä; olihan hän tappanut tämän isän ja polttanut tämän kodin. Tyttö oli kuitenkin itse kertonut julkisuudessa, että hänen isänsä oli antanut hänelle raippaa kun hän oli ollut tottelematon, ja kieltänyt kertomasta asiasta kenellekään. Jos pormestari itse olisi ollut vielä hengissä, olisi hän joutunut pahaan skandaaliin; jotkut olivat jopa sitä mieltä että Nikin oli ollut armollisempaa antaa hänen kuolla.

Tämän jälkeen kukaan ei ollut nähnyt Nikiä. Joka päivä Nea pohti mitä hänen veljelleen oli mahtanut käydä; minne hän oli mennyt, mitä hän oli tehnyt; ja oliko hän enää hengissä ylipäätään. Usein Nea myös mietti missä hän itse olisi, jos hän tuona viimeisenä yönä, ennen Nikin pahamaineisinta hirmutekoa, nähdessään veljensä viimeistä kertaa, olisi tarttunut tämän käteen ja lähtenyt tämän mukaan. Hänen olisi pitänyt tehdä se. Mutta hän ei ollut ollut rohkea; hän ei ollut villi ja vapaa niin kuin Nik. Vaikka Nik oli heistä se joka oli ollut vankilassa, oli Nea sisaruksista ainoa joka oli todella ollut vanki. Koko elämänsä.

"No, eikö illallinen ole vielä pöydässä?" Jim tivasi. "Herra Manasel saapuu tänne hetkenä minä hyvänsä, ja odottaa maittavaa bisnesillallista. Ja illallisen onkin parasta olla maittava; hänen on oltava hyvällä tuulella, jotta hän suostuu allekirjoittamaan sopimuksen tulitikkutehtaansa myymisestä ja kynttilätoimitusten aloittamisesta Kardeniolaan."

Nea huokaisi ja jatkoi illallisen kattamista.

Herra Manasel oli isokokoinen, viiksekäs, tummaan pukuun ja silinterihattuun pukeutunut mies, jonka pöytätavat olivat pahemmat kuin Nikin. Kastiketta roiskui joka suuntaan hänen ahmiessa kyljyksiä kitaansa.

92

"Erinomaista, erinomaista, oivan vaimon olet löytänyt, herra Davaros", Manasel kehui ehtiessään pitää pienen tauon ahmimisessaan.

"Kyllä vain, olen erittäin ylpeä Neasta, sekä hänen suvustaan, joka on rakentanut puolet meidän yhtiöstämme", Jim totesi, leikelleen sivistyneesti omaa kyljystään. Nea hymyili konemaisesti.

Kesti taas hyvän tovin että Manasel sai suunsa tyhjennettyä ja pystyi vastaamaan: "Vaikka muutama vuosi sittenhän täällä sattui se ikävä välikohtaus. Eikö se ollutkin sinun veljesi, joka oli kaiken sen takana? Meille Kardeniolaan eivät ehkä kaikki yksityiskohdat kantautuneet, mutta kyllä mekin järkytyimme kun kuulimme pormestari Fernstin murhasta. Ja koko pormestarin asuntohan paloi maan tasalle, eikö totta? Ja vielä Sivistanissa, te jotka niin kehuskelitte olevanne koko valtakunnan siveellisin kaupunki. Muuten tämä sopimus olisi selvä kuin pläkki, herra Davaros, mutta en ole varma miten se vaikuttaisi kaupunkimme ja Manaselin suvun maineeseen, jos tulemme liian läheisiksi sen hirviön sukulaisten kanssa."

"Hyvä herra Manasel, siitä on jo kuusi vuotta", Jim sanoi. "Fernstiä suremme tietenkin kaikki, mutta hänen seuraajansa, pormestari Pepron, on virkaan aivan yhtä pätevä. Nik Odessionia ei ole kukaan nähnyt sen jälkeen; luultavasti hän on kuollut. Hän ei ollut muuta kuin yksittäinen häpeätahra muuten moitteettoman kaupunkimme historiassa, eikä Odessionin suvun muita saavutuksia voi pyyhkiä pois vetoamalla aina tuohon yhteen jumalan hylkäämään mätään omenaan. Nea on minun elämäni valo, oli hänen veljensä mitä tahansa, ja olen varma että myös teidän kaupungissanne ja muualla valtakunnassa ymmärretään tämä."

"Ehkä, ehkä", Manasel mutisi. "Toki bisneksen tekeminen kaltaisenne suuryhtiön omistajan kanssa on aina kannatettavaa.

Mutta haluan vielä kysyä vaimonne mielipidettä asiaan." Nea kohotti hämmästyneenä katseensa. Häneltä ei ikinä kysytty mielipidettä bisnesasioissa. Hänen viimeisen kouluvuotensa aikana isä oli opettanut hänelle paljon liiketoimintaa, mutta häiden jälkeen, kun isä oli saanut vaatimuksensa läpi ja Odessionien nimi oli osana yhtiön nimeä, oli isänkin kiinnostus lopahtanut. "Mitä mieltä sinä olet veljestäsi, Nea? Luuletko että hänen maineestaan on haittaa minulle?"

Nea ei tiennyt mitä sanoa. Tai tietenkin hän tiesi mitä hänen *kuuluisi* sanoa. Sekä isä että äiti, ja aivan erityisesti Jim, olivat kaikki varmistaneet tarkasti sen, että Nea tietäisi mitä hänen tulisi vastata, jos häneltä kysyttäisiin jotain Nikistä.

Joten Nea ei osannut sanoa muuta kuin: "Veljeni Nik teki hirveitä, kunniattomia ja häpeällisiä tekoja, eikä Odessionin suku enää katso hänen kuuluvan meihin."

"Eikä teidän pitäisikään", Manasel tuhahti. "Mutta miten se vaikuttaa *minuun*, mitä luulet siitä?"

Nea tuijotti herra Manaselia, joka katsoi häntä teennäisesti hymyillen, viikset täynnä kastiketta.

"Minä... minä en osaa sanoa, herra Manasel."

Manasel maiskutteli kitalakeaan, ja käänsi moittivasti katseensa Neasta Jimiin.

"Aijai. Ja minä kun olin siinä käsityksessä että vaimosi on olennainen osa bisnesimperiumiasi, herra Davaros. Mutta jos en saa vakuutusta tähän perusteelliseen huolenaiheeseeni, niin en valitettavasti voi allekirjoittaa kauppaamme."

"Hyvä herra Manasel, se mitä Nea tarkoitti sanoa, oli että huolesi on perusteltu, mutta vähäinen", Jim sanoi nopeasti. "Mitään pysyvää vahinkoa sukusi maine ei tästä kärsisi, ja jos kärsisikin, kattavat kaupasta koituvat hyödyt sen moninkertaisesti. Eikö vain, Nea?"

Nea nyökytteli kiireesti, yrittäen hymyillä herra Manaselille.

"Herra Davaros, sinä et voi laittaa sanoja vaimosi suuhun. Minusta tuntuu, että teidän on molempien vielä kasvettava vähän, kartutettava elämänkokemustanne, jotta ymmärrätte mitä kaikkea maine Belfanissa merkitsee. Minä kiitän teitä tästä oivallisesta illallisesta, mutta sopimusta en valitettavasti allekirjoita. Hyvää illanjatkoa."

Herra Manasel hörppäsi viinilasinsa tyhjäksi, haki hekotellen silinterihattunsa, ja poistui sitten paikalta. Jim katsoi hyvän tovin hänen peräänsä. Vasta kun kuului ulko-oven paukahdus, käänsi Jim katseensa Neaan. Katse oli rauhallinen, mutta kylmä kuin jää.

"Ja minä kun luulin että sinä olit minun puolellani. Mutta sitten päätitkin mennä pilaamaan elämäni suurimman kaupan."

"Minä... anteeksi, Jim, en minä tarkoittanut!"

"Etpä tietenkään. Mutta mitä sinä sitten luulit että vastauksesi meille saavuttaa? Kysymys oli sangen selvä; miten veljesi epämääräinen maine vaikuttaisi kauppojen myötä häneen? Kysymykseen oli myös päivänselvä vastaus; marginaalisesti, ainakin riittävän vähän, jotta hänen kannattaa tehdä kaupat. Mikä siinä on niin vaikeaa?"

"Mutta... en minä tiennyt..."

"Et tiennyt onko se totta? Nea, luuletko sinä vieläkin, että totuudella on mitään merkitystä? Ihmiset haluavat kuulla sen mitä he uskovat ja toivovat todeksi, silloin he tekevät kauppoja, niin luottamusta Belfanissa rakennetaan ja niin tämä valtakunta on pysynyt pystyssä jo satoja vuosia!"

Nea ei voinut olla ajattelematta, mitä Nik sanoisi tähän. Nik oli ollut oikeassa. Aina oikeassa. Missään ei ollut mitään järkeä, vaikka kukaan ei halunnutkaan sitä myöntää.

"Vai onko kyse veljestäsi? Etkö sinä suostunut haukkumaan häntä, koska olet salaa hänen puolellaan? Ymmärrätkö, että jos hän olisi saanut tahtonsa läpi, niin koko valtakunta romahtaisi?"

"En tietenkään ole hänen puolellaan", Nea kiirehti sanomaan. "En ikinä toivoisi että valtakunta romahtaisi."

"Sitten sinun on syytä opetella vielä uusiksi miten bisnestapaamiset toimivat. Luulin että isäsi olisi opettanut sinut paremmin. Tässä vielä vähän muistutusta!"

Jim nousi pöydästä ja läimäisi varoittamatta Neaa lujaa kasvoille. Nea kyyristyi kivusta, nostaen kädet kasvojensa suojaksi. Jim kuitenkin veti hänen kätensä erilleen, ja avatessaan silmänsä Nea näki Jimin tarkastelevan punoitusta hänen kasvoillaan. Hän nosti sormensa varoittavasti pystyyn Nean edessä.

"Sinä et sitten mene ulos ennen kuin tuo on hälvennyt. Nyt siivoa tämä sotku, minun on mentävä pohtimaan uusia bisnesideoita, kun sinä niin kärkkäästi pilasit tämän illan kaupat!"

Nea katsoi lannistuneena ympärilleen. Pöytä oli täynnä kastikeroiskeita, erityisesti herra Manaselin istumapaikan ympäristö. Nea huokaisi syvään, haki rätin, ja alkoi pyyhkiä pöytää puhtaaksi. Jimiltä Nea sai kaiken mitä kenen tahansa hienostonaisen kuuluisi haluta; loisteliaan asunnon, paikan Sivistanin kunnioitetuimmassa ylhäistössä heti aatelisten alapuolella, enemmän koruja kuin Nea oli lapsena osannut toivoakaan. Mutta Nealle oli käynyt selväksi, että se mitä hänen kuului haluta, ei tehnyt häntä onnelliseksi; toisinaan hän pohti tekikö se ketään oikeasti onnelliseksi, vai esittivätkö kaikki vain onnellisia, samoin kuin Nea esitti haluavansa asioita joita hänen kuului haluta. Hänen oli ikävä Harolia; Nea oli varma, että Harolin kanssa hän olisi ollut paljon onnellisempi kuin Jimin; mutta hänen ei kuulunut haluta olla Harolin, köyhäistöpojan kanssa. Eikä hän tiennyt mitä Harolille kuului, ei ollut nähnyt tätä kuuteen vuoteen.

Tämä ei myöskään ollut ensimmäinen kerta kun Jim oli satuttanut häntä. Yleensä Jim onnistui omissa, kunniallisissa ja kunnianhimoisissa tavoitteissaan, mutta kun hän sattui epäonnistumaan, harmitti se häntä aina suuresti. Usein hän purki sen Neaan, joskus väkivaltaisesti. Nea ei kuitenkaan enää pelännyt fyysistä kipua; siihen hän oli jo tottunut. Mutta hänellä oli salaisuus, jonka paljastumista hän pelkäsi kovasti. Salaisuus, jota varjellessaan hän oli jo useamman kerran joutunut Jimin kovakouraisesti ravistelemaksi. Mutta loputtomiin hän ei voisi sitä salata. Pian Jim saisi sen selville, halusi hän tai ei.

Kaksi päivää epäonnistuneen illallistapaamisen jälkeen Nea näki että postissa oli tullut hänelle kirje. Se oli perin harvinaista; Jim sai paljon kirjeitä, ja osa liiketoimintaan liittyvistä kirjeistä oli lähetetty heille molemmille, mutta tämä oli merkitty pelkästään Nealle. Edellinen henkilökohtainen kirje jonka Nea oli saanut oli tullut yli kaksi vuotta sitten äidiltä.

Nea vei kaksi Jimille osoitettua kirjettä tämän työhuoneeseen; Jim avaisi ne sitten kun tulisi kotiin. Tietämättä yhtään mitä odottaa, Nea haki keittiöveitsen, ja avasi oman kirjeensä.

Nea,

Tule kevään viimeisen ja kesän ensimmäisen päivän välillä keskiyöllä siihen paikkaan, missä ihastuit ensirakkauteesi. Vanhojen aikojen muistoksi.

N.

Nea tuijotti kirjettä pitkään. Hän ei voinut uskoa lukemaansa todeksi. Vain yksi ihminen saattoi kirjoittaa noin.

Nea vilkaisi kalenteria. Kevään viimeinen päivä oli huomenna.

Kaikkien näiden vuosien jälkeen, oliko Nik yhä hengissä?

Luku 11: Nikin paluu

Punoitus Nean poskella ei ollut vielä aivan täysin hävinnyt, kun hän viimeisenä kevätyönä, miehensä nukahdettua, nousi tämän vierestä, ja lähti salaa kävelemään halki pimeän kaupungin. Heidän kotinsa sijaitsi Vanhassakaupungissa, meren rannalla, lähellä pormestari Fernstin palaneen talon raunioita. Rannalta hän suuntasi kohti toria, ja sieltä edelleen kohti Ylistöä.

Avioliittonsa aikana Nea ei ollut vielä koskaan tehnyt mitään tällä tavoin salassa mieheltään. Jimillä oli ollut pitkä päivä täynnä liikeneuvotteluja, joten Nea toivoi että tämä oli niin uupunut, ettei huomaisi hänen öistä poissaoloaan.

Kello oli jo hyvän tovin yli keskiyön, kun Nea lopulta saapui lammen rannalle, lähellä hänen vanhaa kotiaan, missä hänen vanhempansa yhä asuivat. Tänne hän oli tullut Harolin kanssa, ja ensimmäisen ja ainoan kerran todella tuntenut ihastumisen pistävän piikin sydämessään. Kuun heijastus kimalteli lammen pinnalla. Aivan niin kuin silloin Harolin kanssa, Nea muisteli.

Rannalla ei kuitenkaan näkynyt ketään. Nea istahti pettyneenä alas suurelle kivelle, mutta silloin lähistöltä kuului askelia. Pimeästä astui esiin hämärä hahmo.

"Nea? Se tosiaan olet sinä. Luulin jo ettet tulisikaan."

Hahmo käveli lähemmäs ja riisui päätään peittävän hupun. Hänen kädessään syttyi hohkakivitikku. Himmeä hohde valaisi vieraan kasvot; vuodet sekä pitkät ja takkuiset hiukset ja parta olivat muuttaneet hänen veljeän, mutta silti Nea ei olisi mitenkään voinut olla tunnistamatta häntä.

"Nik! Sinä tulit takaisin!"

Nea syöksyi eteenpäin ja kietoi kätensä veljensä ympärille. Hetken ajan Nik näytti vähän pöllämystyneeltä, mutta taputti sitten siskonsa selkää.

"Minä tulin takaisin", Nik sanoi. "Istutaan alas. Meillä on paljon puhuttavaa."

He istuivat samalle kivelle, jolta Nea oli juuri noussut. Samalle kivelle, jolla hän kauan sitten oli istunut Harolin kanssa katsomassa laskevaa aurinkoa.

"Nik, tiedät kai, että jos sinut löydetään, niin he hirttävät sinut?"

"Tiedän. Mutta miten he nyt osaisivat arvata että minä palaisin juuri tänään? Eikö minut ole jo julistettu kuolleeksikin?"

"Niin ainakin jotkut sanovat. Mutta minä tiesin aina, ettet sinä ole voinut kuolla. Missä olet ollut?"

"Vähän siellä sun täällä. Kierrellyt maailmaa, ympäri Belfania ja sen ulkopuolellakin. Asuin lähes vuoden Parkahovissa – salanimellä tietysti. Minä näin siellä itse kuningatar Silfridan."

"Oletko sinä tavannut kuningattaren?" Nea hämmästeli.

"No, en nyt sanoisi että tavannut. Tai no, varastin minä häneltä pari kultakolikkoa. Enemmän minä itse pidin Olimaan kalastajien kanssa viettämästäni ajasta. Kiersimme yli vuoden merellä. He ovat täysin eri maata kuin ihmiset täällä kaupungissa. Vähät siitä kuka hallitsee Parkahovin kruunua, hiiteen kaupunkilaiset kunniarukouksineen! Näin he sanoisivat, ja jatkaisivat kalastamista. En kertonut heille oikeaa nimeäni, mutta he nauroivat kovasti sille että Sivistanin pormestarin talo oli palanut. Sinne minä tunsin kuuluvani, Nea, paljon enemmän kuin tänne koskaan."

100

Nea ei ollut koskaan tullut ajatelleeksi että Sivistanin ulkopuolelta voisi löytyä täysin toisenlainen elämä. Elämä ilman kaikkia kunniasääntöjä. Hän ei ollut koskaan tullut ajatelleeksi, että Nik voisi olla enemmän kotonaan jossain muualla kuin kotikaupungissaan.

"Kuulostaa hienolta. Sinä olet varmaan siellä onnellisempi kuin voisit koskaan olla täällä."

"Totta. Mutta entä sinä, Nea? Nykyään olet kuulemma Nea Davaros. Millainen hän on? Viimeksi nähdessämme sinä et olisi halunnut naida häntä."

Nea otti Nikiä kädestä.

"En haluaisi vieläkään", hän kuiskasi. "Jim on hyvä liikeasioissa, mutta aviomiehenä hän on hirveä."

Nik katsoi tarkasti siskoaan. Hän kohotti hohkakivitikkuaan valaisemaan Nean kasvoja.

"Tekikö hän tuon sinulle?"

Nik osoitti Nean poskessa yhä näkyvää jälkeä. Nea nyökkäsi.

"Mutta se ei ole pahinta. Jim haluaisi kovasti lapsen, pojan jatkamaan sukunsa ja yhtiönsä perintöä. Mutta minä en kestäisi sitä, en ikinä haluaisi hänestä lapseni isää. Hänestä ei ikimaailmassa tulisi hyvää isää. Niinpä minä olen salaa ostanut estopillereitä, ja syönyt niitä hänen tietämättään. Hän on suuttunut minulle monta kertaa, kun en koskaan tule raskaaksi. Mutta nyt... minä pelkään että olen sittenkin raskaana, Nik! Entä jos saan lapsen, ja hän on lapsellemme yhtä hirveä kuin minulle!"

Nik katsoi Neaa silmät hohkakiven loisteessa tuikkien.

"Tietääkö hän?"

"Ei vielä. Mutta pian hän saa sen selville, varmasti saa." Nea painoi vapisten päänsä veljensä syliin, ja itki. "Nik, auta minua!"

Nik taputti epävarmana siskonsa päätä.

"'*Auta minua*'? Autanhan minä, jos sinä sitä pyydät, mutta tiedätkö sinä nyt varmasti mitä pyydät? Viimeksi kun autoin ihmisiä, pormestari kuoli ja hänen talonsa paloi. Minä en osaa tehdä asioita sääntöjen mukaan, Nea."

"Nik, tiedätkö sinä... tiedätkö sinä missä Harol on?"

Nik nyökkäsi. Hän näytti epäröivän hetken, ennen kuin sanoi: "Näin hänet viimeksi vuosi sitten. Hän on nykyään töissä teitä rakentavassa ja kunnossa pitävässä yhtiössä, joten hän matkustelee paljon ympäri Belfania. Hän muutti asumaan Parkahoviin, tavattuaan siellä nykyisen vaimonsa. Sinne on hevoskärryillä neljän päivän matka. Viimeksi kun näin hänet, hän kertoi että heille on syntynyt yksi lapsikin. Pieni poika." Tämä tieto murskasi Nean sydämen ja toivon, ja vapisten hän painoi taas päänsä Nikin syliin. "Olen pahoillani", Nik lisäsi hiljaa.

He istuivat siinä pitkän aikaa, Nea itkien ja Nik silittäen hänen ruskeita hiuksiaan. Nea ei ollut voinut purkaa tunteitaan kenellekään vuosiin, hänellä ei ollut ketään muita kuin veljensä, jolle hän saattoi uskoutua.

"Minä autan sinua, sisko", Nik sanoi. "Vanhojen aikojen muistoksi. Minä en kerro sinulle mitä aion tehdä, sinun ei kannata tietää, etkä sinä halua tietää. Mutta minä kerron mitä sinun täytyy tehdä. Kuuntele tarkkaan. Sinä olet elänyt kahleissa koko ikäsi. Minä voin murtaa sinun tämänhetkiset kahleesi, mutta sitten sinun on itse astuttava vapauteen. Minä en voi tehdä sitä sinun puolestasi. Sinä et saa vain jäädä seisomaan paikallesi, ja korvata

102

entisiä kahleitasi uusilla. Astu vapauteen, Nea, lapsesi takia. Ymmärrätkö?"

Nik kohotti Nean päätä ja katsoi häntä suoraan silmiin, pyyhkien kyyneleitä hänen poskiltaan. Hiljaa nyyhkyttäen Nea nyökkäsi. Hänen oli oltava urhea. Urhea niin kuin Nik.

Nik ei kertonut Nealle mitä hän aikoi tehdä murtaakseen siskonsa kahleet. Jälkikäteen ajateltuna se kuitenkin tuntui päivänselvältä, ja kuullessaan uutiset Nea tunsi itsensä typerämmäksi kuin ikinä.

Jim Davaros oli käynyt tarkistamassa makrillitehtaansa tilannetta, kun tehtaalle oli hänen perässään tunkeutunut muukalainen. Tuotantolinjastolla muukalainen oli hyökännyt Jimin kimppuun, viiltänyt hänen kurkkunsa auki, ja työntänyt alas kala-altaaseen, missä hän oli hautautunut tuoreiden makrillien sekaan. Tehtaassa työskentelevät silminnäkijät olivat vannoneet hyökkääjän näyttävän aivan tehtaan edelleen nimellisesti omistavan Alford Odessionin surullisenkuuluisalta pojalta, Nikiltä, joka kuusi vuotta sitten oli kadonnut kaikkien tietoisuudesta murhattuaan julmasti pormestarin.

Poliisi oli ehtinyt paikalle ennen kuin hyökkääjä oli päässyt pakenemaan. Hän oli piileskellyt tehtaassa pitkään, poliisien yrittäessä savustaa häntä ulos. Lopulta Nik oli hyökännyt kahden poliisin kimppuun ja yrittänyt paeta, mutta juossut suoraan keskelle partiota, joka vartioi pientä uloskäyntiä makrilleja tuoville troolareille varatun satama-altaan laidalla. Näin Nik oli jäänyt kiinni, ja nyt häntä odotti syyte paitsi aiemmista rikoksistaan ja Jimin murhasta, myös kahden poliisin pahoinpitelystä.

Nea ei tiennyt yhtään mitä sanoa asiasta. Hirveintä oli kuitenkin se, että ymmärrys siitä mitä Nik oli tarkoittanut kahleiden murtamisella, tuli poliisipäällikkö Hammonilta, joka saapui kertomaan hänelle suru-uutisia veljensä paluusta ja miehensä kuolemasta. Koko kaupunki oli taas kerran mennyt sekaisin uutisista, mutta Neasta se tuntui etäiseltä ja turhalta kuriositeetilta. Hammonin mukaan Nik ei enää voisi välttää hirttopuuta. Mitä Nik oli taas mennyt tekemään? Nea ei ollut tiennyt mitä hän oli mennyt pyytämään veljeltään. Tämä oli vapauttanut Nean... mutta millä hinnalla? Jos hänet hirtettäisi, menettäisi Nea kaiken sen vähän mitä hänellä oli jäljellä. Kaiken mitä hänellä oli koskaan ollut.

Hammon oli pahoillaan myös Nikin puolesta. Lähtiessään hän laski kätensä rauhoittavasti Nean olkapäälle, ja lupasi että Nea voisi tulla poliisiasemalle tapaamaan veljeään.

Itkien Nea sulkeutui huoneeseensa, ja kaivoi esiin vanhan ja rakkaan kokoelmansa koruja, kiviä ja simpukankuoria. Ne olivat hänen ainoa muisto lapsuusajoiltaan, jolloin hän oli vielä edes luullut olevansa onnellinen. Mitään näkemättä Nea kävi vanhoja korujaan läpi yhä uudestaan ja uudestaan. Nykyään hänellä oli kaapillinen paljon hienompia koruja, jotka Jim oli hänelle hankkinut, mutta hän oli aina pitänyt ne erillään lapsuusajan kokoelmastaan. Katsoessaan korujaan hän itki. Ja kun hän ymmärsi, että hänen lapsuusaikansa onni perustui sekin vain kuvitelmaan siitä, mitä hän luuli että hienon naisen oli tehtävä ollakseen onnellinen, hän itki uudestaan. Ilman Nikiä hän olisi voinut elää elämänsä luullen olevansa onnellinen. Mutta Nik oli avannut hänen silmänsä. Eikä hän ollut enää saanut niitä suljettua.

Ja nyt Nik vietiin taas kerran pois, ja Nea jäi taas kerran yksin itkemään kohtaloaan.

104

Luku 12: Mariela Fernst

Poliisiasemalla Nik suljettiin selliin, joka oli varattu "äärimmäisen vaarallisille" vangeille. Sellaisia sellejä täältä ei Nikin viime käynnin aikaan ollut löytynytkään. Nik epäili että hän oli Sivistanin historian ensimmäinen, ja toistaiseksi ainoa, äärimmäisen vaarallinen vanki. Niinkin vaarallinen, että häntä ei ilmeisesti vietäisi lainkaan vankilaan, vaan pidettäisi poliisiasemalla hirttäjäisiin asti.

"Vähintään kolme miestä valvoo häntä joka hetki", Hammon ohjeisti miehiään. "Ette lähesty kaltereita ilman syytä, ettekä suostu mihinkään hänen mahdollisiin pyyntöihinsä ilman lupaa minulta. Jos täällä tapahtuu jotain erikoista – seinä räjähtää auki tai jotain – niin tärkein prioriteettinne on vahtia, ettei hän pääse pakenemaan. Jos Nik Odession pakenee täältä, niin kuka tietää millaiseen verilöylyyn joudumme tällä kertaa."

Nik oli vaikuttunut. Ainakin joku oli ottanut opikseen hänen teoistaan. Hän oli muuttanut edes jotain. Tehostunut poliisitoiminta ei ehkä ollut ensisijainen muutos jonka hän olisi toivonut näkevänsä, mutta silti se oli enemmän kuin hän olisi tästä kaupungista uskonut.

"Hyvää työtä", Nik huikkasi poliisipäällikölle tämän poistuessa. "Tiesin aina, että te olette oikea mies virkaanne."

Samalla Nik tajusi, että tämä oli hänen loppunsa. Hänellä ei ollut enää Harolia pelastamassa häntä pulasta. Harol oli, ainakin omien sanojensa mukaan, nykyään täysin rehellinen mies, joka nautti työstä jota teki. Varmasti kallioiden räjäytteleminen soramurskaksi, levitettäväksi teille, oli aivan sopivaa työtä Harolille. Nikillä oli omat pienet epäilynsä sen suhteen, oliko

105

Harol aivan täydellisen rehellinen nykyäänkään, mutta ainakin hän oli laittanut kultaharkkonsa hyötykäyttöön, rakentaessaan niillä uutta elämää itselleen ja perheelleen. Enemmän hän niitä ansaitsi kuin lordi ja lady Fyggenhein. Ja enemmän kuin Nik, se oli ainakin selvää.

Nea oli murtunut kuullessaan mitä Nik kertoi Harolista. Selvästi hän oli elätellyt toivoa, että Nik voisi yhä viedä hänet Harolin luokse, että kaikki voisi vielä päättyä onnellisesti heidän kanssaan. Mutta ei Harol ollut tietenkään voinut jäädä odottamaan Neaa, kun ympäri valtakuntaa levisi uutisia Nea Odessionin ja Jim Davarosin häistä. Lyhyen silmänräpäyksen ajan Nik oli jopa harkinnut valehtelevansa Nealle – mutta se olisi ollut liian julmaa, antaa hänelle turhaa toivoa, vaikka sitten vain murtaakseen hänen kahleensa. Nyt Nikin oli vain toivottava, että Nea löytäisi itsestään tarvittavan voiman ja käyttäisi tilaisuutensa hyväkseen. Nik toivoi, että olisi voinut auttaa siskoaan pitemmälle. Mutta se oli jotain mitä hän ei osannut. Hän ei ollut koskaan osannut sitä. Kuten Harol oli tehnyt, oli Nean nyt rakennettava itse uusi elämä. Nik ei ollut koskaan osannut rakentaa uutta. Hän osasi vain tuhota vanhaa. Mutta siinä hän olikin lyömätön.

Nik salli hymyn nousta kasvoilleen, mikä selvästi herätti levottomuutta hänen vartijoissaan. Raukat eivät ymmärtäneet, että Nik oli pelannut kaikki korttinsa. Mutta ehkä hän voisi vielä hetken huvittaa itseään heidän kustannuksellaan.

"Miltäköhän poliisiasema näyttäisi tulessa, mitä luulette? Saisikohan tästä yhtä hyvän kokon kuin pormestarin talosta?"

Kolme vartijaa vilkuilivat toisiaan peloissaan. Yksi heistä rohkaistui ja sanoi: "Älkää kuunnelko häntä. Hän bluffaa, yrittää vain pelotella meitä. Raukkamaista ja kunniatonta käytöstä, joka kyllä tuomitaan kunhan hän astuu hirrestä jumalan eteen."

Nik nauroi, yrittäen löytää mahdollisimman pahaenteisen ja vertahyytävän äänensävyn, katsellessaan vartijoidensa pelokkaita ilmeitä.

"Voi, te ette sitten ole oppineet mitään. Hammon jo antoi minulle vähän toivoa, mutta hän lieneekin koko kaupungin ainoa asukas, joka ei ole täysin toivoton tapaus. Jos joku jumala tosiaan on luonut meidät kaikki, niin uskokaa minua; hän on vielä paljon minua pahempi mielipuoli, ettekä te tosiaan halua joutua tekemisiin hänen kanssaan."

Seuraavana päivänä Nik sai kaksi vierailijaa. Ensin häntä tuli tapaamaan pastori Snörd, joka kertoi hänelle hänen hirttotuomionsa täyttöön panemisesta. Nik ohitti olankohautuksella tiedon siitä, että hänen jäljellä olevan eliniän ennusteensa oli kaksi päivää.

"Vaikka te olette kaupunkimme historiassa ainutlaatuisen pahamaineinen rikollinen, herra Odession, koen silti velvollisuudekseni taata teille, että ruumistanne tullaan käsittelemään kunnioittavasti", pastori Snörd selosti. "Hirttämisenne jälkeen teidät haudataan asiaankuuluvasti, kuten kaikki kaltaisestanne merkittävästä suvusta polveutuvat. Onko teillä jotain erityistoiveita mitä toivoisitte tehtävän? Jotain henkilökohtaisia uskon tunnustuksia, tai esineitä, joita toivoisitte mukaan arkkuunne ja matkallenne tuonpuoleiseen?"

Sellinsä penkillä makaava Nik räjähti nauruun.

"Tämä kaupunki tosiaan on toivoton! Tiedätkö mitä, pastori? Minä lopetan. Olin tässä yrittänyt suunnitella vielä jotain ovelaa opetusta, jonka voisin viime hetkilläni teille antaa. Mutta ei, te ette ansaitse sitä. Heittäkää minun puolestani ruumiini vaikka mereen, tai polttakaa minut elävältä."

107

Pastori katsoi Nikiä kuin pikkulasta, jolle joutuu selittämään kymmenettä kertaa jotain itsestäänselvyyttä.

"Emme missään nimessä eväisi teiltä turvallista matkaa tuonpuoleiseen. Tavalliset toimenpiteet, siis. Hyvää päivänjatkoa, herra Odession."

"Hyvää päivänjatkoa! Tuo oli sentään hauska!" Nik nauroi.

Seuraava vierailija oli kuitenkin huomattavasti mielenkiintoisempi. Mariela Fernst oli kasvanut siitä, kun Nik oli tappanut hänen isänsä ja jättänyt nuoren tytön makaamaan tajuttomana maahan palavan kotitalonsa viereen, jäljet isänsä väkivallasta kaikkien nähtävillä. Nyt hänen selliinsä saapui vahvarakenteinen nuori aikuinen.

"Kukapa olisi arvannut", Nik totesi, nousten istumaan. "Tätä en osannut odottaa, mutta ehkä minun olisi pitänyt. Muistan sinut kyllä. Ja ehkä minun pitää vähän perua sanomisiani siitä, etteikö tässä kaupungissa olisi ketään, jolla voi olla jotain toivoa."

Mariela seisoi Nikin edessä kädet puuskassa, jäätävät silmät Nikiin iskostuneina.

"Oletko tullut tänne kostamaan minulle vai kiittämään minua?" Nik kysyi.

"Sinä tapoit minun isäni."

"Tiedän. Muistan sen oikein hyvin. Entä muistatko mitä sinä sanoit minulle vähän ennen sitä?"

Mariela pudisti päätään, selvästi yllättyneenä. Hän oli yllättänyt Nikin, joten Nik oli iloinen että sai yllättää hänet takaisin.

"'*Sinä. Minä sanoin isälle, että sinä tulet tänne seuraavaksi, mutta hän ei kuunnellut.*' Niin sinä sanoit. Tuijottaessasi Sivistanin pelätyintä rikollista kasvoihin. Tai ei suoraan kasvoihin, minullahan oli naamio päällä. Tiedätkö, sinä teit siitä minulle paljon vaikeampaa."

Mariela näytti vapisevan. Nik teki tilaa penkilleen, ja hänen hämmästyksekseen nuori nainen istui hänen viereensä.

"Neiti hyvä, ei ole järkevää ottaa lähikontaktia –" yksi vartijoista huusi hänelle.

"Tämä on yksityistä!" Mariela huusi takaisin. "Teidän tehtävänne on vartioida – siis vartioikaa, ja antakaa minun käydä läpi ne asiat, joita tulin tänne käymään läpi!"

Vartijat antoivat heidän olla rauhassa.

"No, anna tulla", Nik kannusti. "Miksi sinä olet täällä?"

"Minä ihailin sinua", Mariela sanoi hiljaa. "Siksi isä antoikin minulle raippaa. Tai antoi hän sitä ennenkin, aina joskus, mutta se oli viimeisimmän kerran syy, mistä ne tuoreet jäljet olivat peräisin, jotka sinä näit. Kai minä olin vähän villi lapsi – en varmaankaan aivan sellainen kuin pormestari olisi tyttärestään toivonut. Minusta Sivistan tuntui aina hirveän tylsältä. Kauheasti sääntöjä, joissa ei tuntunut olevan mitään järkeä. Isä aina sanoi, että ajan myötä minä opin paikkani, ja ymmärrän miksi niitä sääntöjä noudatetaan. Ja minä uskon, että olisinkin ymmärtänyt – ellet sinä olisi muuttanut kaikkea."

"No nyt olen otettu", Nik tuumasi. "Tiedätkö, sinä olet varmaan ainoa tapaamani ihminen koko tässä kaupungissa, jonka mielenterveys ei huolestuta minua."

"Mutta sitten", Mariela jatkoi, "sinä tapoit minun isäni."

109

"Ai niin. Se."

"Sinä olit ryöstänyt aatelisten kartanon, ja paennut vankilasta. Isä ja kaikki muut pitivät sinua vain satunnaisena häirikkönä, jonka teoissa ei ollut mitään järkeä, joka voisi iskeä minne vain. Mutta minä tiesin. Sinä olit ryöstänyt aatelisten kartanon, ja uhannut heidän henkeään. Aatelisten, joiden luo kukaan ei olisi uskonut että joku uskaltaisi murtautua. Minä tiesin että sinä et kävisi jonkun köyhäistöläisen kimppuun, josta kukaan ylhäistössä ei välittäisi. Sinä halusit saada ylhäistön pelkäämään. Osoittaa, että me olemme pohjimmiltamme yhtä hauraita kuin köyhät, joiden ongelmilta niin mielellämme suljimme silmämme. Ja mikä olisikaan parempi kohde saada koko ylhäistö pelkäämään, kuin iskeä itse pormestarin luokse?"

Nik nyökytteli. Tyttö tajusi häntä paremmin kuin kukaan muu oli koskaan tajunnut, mahdollisesti Neaa lukuunottamatta.

"Suurin piirtein jotain siihen suuntaan", hän vahvisti Marielan arvailut.

"Mutta isä ei tietenkään uskonut minua. Oikeastaan minä toivoin että sinä tulisit. Halusin nähdä sinut. Muistin sinut hämärästi ensimmäisiltä kouluvuosiltani, se alakoulun yläluokkien outo poika. Mutta nyt sinusta oli tullut niin paljon enemmän. Mutta... en tietysti voinut silloin ymmärtää kaikkea sitä, mitä se tarkoitti. Sinä murhasit minun isäni. Rehellisesti sanottuna hän ei koskaan ollut yhtä hyvä isä, kuin hän ilmeisesti oli pormestari, mutta silti..."

"Onhan se hassua." Nik yritti pidätellä naurua; Mariela katsahti häneen pahasti. "Tulin nimittäin tässä ajatelleeksi... mitä kaikkea olisikaan voinut olla, jos olisin säästänyt isäsi? Olisinko silloin menettänyt suurimman, kenties ainoan arvoiseni viholliseni? Olisinko kenties saanut liittolaisen? Ehkä jopa rakastajan? Mitä luulet? Kerro minulle, jos tiedät."

110

"En minä tiedä."

"Sinä et kieltänyt mitään", Nik huomioi.

"En", Mariela kuiskasi, katsoen Nikiä suoraan silmiin. "Minä olen ajatellut sinua paljon viime vuosina. Joskus vihaan sinua. Joskus vihaan itseäni siksi että en vihaa sinua. Joskus vihaan sitä että en saanut koskaan tilaisuutta ihastua sinuun. Ja joskus vihaan sitä että taidan vieläkin olla vähän ihastunut sinuun."

"Tiedätkö, jos et olisi tullut minua tapaamaan, ei minulla olisi yhtäkään asiaa jota jäisin tässä kaupungissa kaipaamaan, kun ylihuomenna tipun köyden päähän. Mutta nyt minua alkoi vähän harmittaa, että tulin jääneeksi näin helposti kiinni, ja loppuelämäni alkoi tuntua aivan liian lyhyeltä."

"Hyvä", Mariela kuiskasi, ja suuteli Nikiä.

Nik vastasi suudelmaan, mutta irrotettuaan huulensa tämän huulilta, hän sanoi: "Minä luulen että on hyvä, että vartijat tutkivat tarkkaan kaikki vierailijat, joita luokseni saapuu. Muuten olisit varmaan äsken iskenyt veitsen minun selkääni."

"Ilman muuta", Mariela sanoi, ja nousi lähteäkseen.

"Mariela, vielä yksi asia. Jos todella haluat kostaa minulle, niin saanko pyytää viimeistä pientä palvelusta? Tai ei oikeastaan niin pientäkään, mutta olen varma että pystyt järjestämään sen..."

111

Luku 13: Hirtetyn miehen kosto

Kaksi päivää myöhemmin Nik lopulta saatettiin Sivistanin torille, minne oli tuotu korkea hirttopuu, jossa roikkui näyttävä köysi häntä varten. Kuusi vuotta myöhässä, mutta saihan hän lopulta järjestettyä ensimmäiset hirttäjäiset tähän kaupunkiin sitten hänen kalastajaystäviensä vanhan kapinan.

Suuri väkijoukko oli kerääntynyt torille hirttäjäisiä seuraamaan. Nik näki poliisipäällikkö Hammonin, jonka kasvot olivat murheelliset mutta pysyivät asianmukaisen kovina. Hän näki myös lordi ja lady Fyggenheinin, jotka olivat tulleet katsomaan miten oikeus viimeinkin toteutuisi. Ladyn ylisuurta kotkansulkahattua oli vaikea olla näkemättä. Isä ja äiti eivät tietenkään olleet tulleet paikalle, silloinhan he joutuisivat myöntämään, että heillä oli poika, joka Odessionin suvun oli häpäissyt. Tällä kertaa toivottavasti lopullisesti. Hän yritti etsiä Neaa väkijoukosta, mutta ei onnistunut löytämään siskoaan. Vähän häntä harmitti, ettei hän saanut koskaan tietää, onnistuiko tämä lopulta murtautumaan vapaaksi kahleistaan, jotka Nik oli häneltä avannut. Mutta sellaista elämä oli. Kaikkea ei voinut saada.

Pyövelin sitoessa köyttä Nikin kaulaan, luki pormestari Pepron hänen tuomiotaan. Harvinaisen pitkä litania erinäisiä rikoksia, kunniasta lankeamista, ja muuta.

"Täten minä, Sivistanin pormestari Jef Pepron, tuomitsen lain, kuningatar Silfridan, ja kaikkivaltias jumalan nimeen, sinut, Nik Odession, kuolemaan. Jos haluat vielä lausua viimeisiä sanoja, niin me kuuntelemme."

Nik pysyi rauhallisena lausuessaan kuuluvalla äänellä: "Minulla on paljon asioita joita voisin sanoa. Mutta koska te olette lauma sellaisia idiootteja, jotka eivät ymmärrä alkeellisintakaan logiikkaa, olisi suurin osa niistä hukkaan heitettyjä sanoja. Mutta sitten taas, koska jäljellä oleva elinaikani riippuu siitä, miten paljon sanottavaa minulla on, sanon minä vielä jotain. Kai te jossain vaiheessa kyllästytte kuuntelemaan minua, ja päätätte viedä tämän valheellista turvan tuntua antavan lattian jalkojeni alta. Mutta niin, ensinnäkin; minä kysyn teiltä, miksi minä, Nik Odession, kunnioitetun mutta nyttemmin häpäistyn sukuni vesa, tein sen mitä tein? En usko että te voitte sitä ymmärtää, idiootteja kun olette, mutta yrittäkää silti, pieni aivojumppa tekee aina hyvää. Ehkä joku teistä voikin vielä ymmärtää jotain, ehkä te ette ole kaikki aivan toivottomia. Lisäksi haluan kysyä teiltä, että kuinka moni teistä on joko lapsena saanut raippaa isältään, tai sitten antanut sitä aikuisena omille lapsilleen? Tämä on kysymys jota pohdin pitkään, mutta en koskaan saanut vastausta. Luultavasti yliarvioin teidät taas suuresti, kun toivon että nämä esittämäni kysymykset muuttaisivat mitään tässä kaupungissa, mutta ainakin saan hetken lisää elinaikaa, joka ei taatusti mene hukkaan tässä hirttopuussa killuessani!"

"Jo riittää, jos sinulla ei ole muuta sanottavaa kuin kaupunkimme kunnian loukkaaminen, niin eiköhän laiteta tuomio täytäntöön!" pormestari huusi. Nikin mielestä hänen reaktionsa hänen esittämiin pohdintoihinsa oli hieman epäilyksiä herättävän kärkäs. Hän olisi kovasti tahtonut nähdä nykyisen pormestarin lasten paljaan selän. Kenties hänenkin talonsa polttaminen olisi ollut paikallaan.

"Rauha sinun sielullesi", sanoi pormestarin vieressä seisova pastori Snörd.

113

"Sitten sanon enää yhden asian!" Nik huusi. "Te tulette palamaan! Minun sieluni ei tule pääsemään hänen taivaaseensa, vaan jää ikiajoiksi tämän kaupungin riesaksi!"

Pyövelin lähestyessä hirttolavaa, valmiina viemään maan Nikin jalkojen alta, ehti Nik jo pelätä että hänen lopulliset jäähyväisensä Sivistanille sittenkin epäonnistuisivat. Mutta juuri ajoissa ilmestyi pyövelin takaa käsi, joka iski unihöyryillä kostutetun rätin tämän kasvoille. Mariela Fernstin käteen syttyi soihtu, ja kauhistuneen väkijoukon tuijottaessa hän tyhjensi suuren säkillisen unihöyryillä kostutettuja olkia hirttolavan alle. Soihtu lensi olkien sekaan, ja lieskat leimahtivat, nousten lipoen hirttolavaa ylemmäs, niellen pian Nikin sisäänsä. Nik huusi samaan aikaan tuskasta tuntiessaan tappavan kuumuuden, ja nauroi kuin mielipuoli nähdessään väkijoukon ilmeet. He uskoivat hänen hölynpölyään siitä, että hänen sielunsa jäisi ikuisesti heidän ylleen. Joku käsittämätön ohje sanoi että vainajat oli haudattava maahan, jotta he pääsisivät perille tuonpuoleiseen; jos hän palaisi hengiltä, eikä jäljelle jäisi kokonaista ruumista haudattavaksi, pelkäsivät he että hän tosiaan voisi jäädä kaupunkiin kummittelemaan. No, ainakin Nik sai tilaisuuden lähteä tyylillä, ja pääsi samalla käyttämään hyväkseen viimeisen tilaisuutensa pilailla Sivistanin kustannuksella, syöstä kaupungin vielä viimeisen kerran kaaokseen. Jos tästä ei saisi hänen arvoistaan kaaosta aikaan, niin sitten ei mistään.

Liekkien keskeltä Nik näki Marielan juoksevan pakoon, ja Hammonin keräävän hirttäjäisiä valvovia poliiseja yhteen lähteäkseen tämän perään. Sekä Mariela että Hammon loivat vielä viimeisen katseen Nikiin, ennen kuin katosivat paikalta. Hammon, vanha poliisipäällikkö, oli ollut kenties ainoa hänen vastustajistaan, jota Nik oli pitänyt jonkinlaisessa arvossa. Ja Mariela – ainakin tyttö oli saanut kostonsa. Olisiko ollut mitään sen parempaa tapaa lähteä maailmasta, kuin tulla poltetuksi elävältä sen tytön toimesta, johon oli viime hetkinään ehtinyt ihastua? Jos oli, niin tässä tulenhehkuisessa pätsissä Nik ei ainakaan sitä keksinyt.

Nauraessaan omalle kuolemalleen Nik tuli ensimmäistä kertaa ajatelleeksi, että ehkä hänen olisi sittenkin kannattanut olla huolissaan myös omasta mielenterveydestään.

Luku 14: Elämän kahleet

Uutiset Nikin tulenhehkuisista hirttäjäisistä eivät tuntuneet lainkaan niin järkyttäviltä kuin niiden kaiken järjen mukaan olisi pitänyt olla. Nea ei voinut kuin ihmetellä, miksi hän ei reagoinut niihin juuri mitenkään.

Hänen olisi pitänyt käydä poliisiasemalla katsomassa Nikiä. Hänen olisi pitänyt edes käydä katsomassa veljensä viimeisiä hetkiä, kun tämä oli jälleen kerran saattanut kaupungin sekaisin, nyt oletettavasti viimeistä kertaa. Mutta Nea ei ollut pystynyt lähtemään talostaan.

Nik oli avannut hänen kahleensa. Nea ei ollut pyytänyt häntä tappamaan Jimiä, mutta nyt hän oli siitä kiitollinen. Jim oli ansainnut kohtalonsa. Nea oli etäisesti tietoinen siitä, että koko Jimin bisnesimperiumi oli nyt hänen käsissään. Nea voisi tehdä sillä mitä haluaisi. Hän voisi myös vain irrottaa itselleen niin suuren määrän säästöjä kuin irti saisi, ja muuttaa niiden turvin pois Sivistanista, ostaa uuden talon jostain pienemmästä kaupungista, ja rakentaa sinne uuden elämän. Nik oli antanut hänelle vapauden. Nyt hänen oli vain tartuttava siihen.

Mutta ongelma oli, että Nea ei ollut koskaan ennen ollut vapaa valitsemaan mitään. Aina kun hän oli yrittänyt poistua kodistaan, oli valintojen huikea määrä musertanut hänet alleen. Hän ei tiennyt mihin suuntaan hänen tulisi lähteä. Aina kun hän oli yrittänyt päättää, oli häneen iskenyt paniikki ja pelko siitä että hän valitsisi väärin, suuren vapaan maailman paino oli murskannut hänet, ja hän oli juossut takaisin sisään. Takaisin tuijottamaan niitä samoja huoneita, missä Jim oli alistanut ja pahoinpidellyt häntä vuosien ajan. Tajutessaan, että ne muistot ahdistivat häntä vähemmän kuin vapaus valita elämälleen suunta oman mielensä mukaan, inhosi Nea itseään enemmän kuin koskaan aiemmin. Ja tajutessaan että Nik, hänen oma veljensä, oli *polttanut itsensä hengiltä* antaakseen hänelle valinnan mahdollisuuden, eikä hän sitten pystynyt sitä käyttämään, inhosi hän itseään enemmän kuin olisi ikinä voinut kuvitella ihmisen voivan inhota mitään.

Ja tajutessaan, ettei hän edes tuntenut surua Nikin takia, luopui Nea lopullisesti toivosta itsensä suhteen. Nik oli ollut oikeassa kutsuessaan häntä toivottomaksi tapaukseksi.

Nik oli poissa. Hänen oma veljensä, ainoa ihminen joka oli yrittänytkään auttaa Neaa, joka oli tappanut hänen vuokseen, oli nyt kuollut hänen vuokseen, palattuaan kuuden vuoden jälkeen hetkeksi hänen elämäänsä. Mutta Nea ei ollut vahva. Nik oli murtanut hänen kahleensa, mutta Nea ei osannut astua vapauteen. Ei edes lapsensa takia.

Viimein isä ja äiti tulivat käymään hänen luonaan.

"Nea", isä sanoi. "Miten voit?"

Nea ei vastannut mitään. Tuijotti vain vanhempiaan silmiään räpäyttämättä.

"Kuulimme kaikesta. Miten Nik tappoi Jimin. Hirveää." Isä odotti hetken, antoi Nealle mahdollisuuden sanoa jotain, mutta tämän pysyessä hiljaa hän jatkoi: "Jim on valitettavasti poissa, mutta meille aukesi uusi mahdollisuus. Pat Kranner on lupaava nuori liikemies, joka on ilmeisen kiinnostunut sinusta. Hänenkin suvullaan on huomattavan menestyksekäs yhtiö hallinnassaan. Liittämällä se DavaOdes Oy:hyn tulisi meistä todella koko Belfanin menestyksekkäin bisnesimperiumi. Mikhail Davaros saattaa yrittää irrottaa omia tehtaitaan meistä, mutta eräiden lakiteknisten pykälien avulla olen saanut koko yhtiön siirrettyä häneltä ja minulta Jimille, ja häneltä eteenpäin sinulle. Mitä sanot tähän, Nea?"

"Pat on kerrassaan hurmaava nuori mies", äiti sanoi. "Olen varma että hänestä tulee sinulle aivan yhtä hyvä aviomies kuin Jimistä."

Nea nyökkäsi osaamatta ajatella asiaa lainkaan. Ehkä Pat Kranner olisi lapselle parempi isä kuin Jim. Tai sitten ei.

"Kyllä, isä. Kyllä, äiti. Minä nain hänet. Se on varmaan parasta."

"Hyvä tyttö", isä sanoi hymyillen.

Nea oli ollut vanki koko elämänsä. Ei hän osannut päättää, mitä hänen tulisi elämässään tehdä. Oliko hän kuvitellut, että Jim oli hänen ainoa kahleensa? Nyt Nea ymmärsi, että koko elämä oli ollut hänelle vain pelkkiä kahleita. Nik oli murtanut niistä yhden, mutta tuhat muuta pitelivät häntä yhä rautaisessa otteessaan. Toisin kuin Nik, Nea ei päässyt pakoon elämän kahleita.